재즈의 계절

재즈의 계절

김민주 지음

자신의 삶을 사는 사람은
기꺼이 재즈를 선택한다

북스톤

차례

1월

"삶은 재즈와 비슷하다.
즉흥적일 때 가장 좋다."

조지 거슈윈

"Life is a lot like jazz.
It's best when you improvise."

George Gershwin

재즈를 들었을 뿐인데
어떻게 살아야 할지 알 것 같았다

사랑과 마찬가지로, 모든 것은 우연에서 시작됩니다.

영화 〈비포 선라이즈〉의 셀린느와 제시가 그날 그 기차에 오르지 않았더라면 서로 만날 수 없었을 것처럼, 어느 겨울 프랑스 파리를 여행하고 있던 스물두 살의 제가 재즈 클럽 '선셋 선사이드'에 들어가지 않았다면 어쩌면 평생 재즈를 좋아하게 되는 일은 없었을지도 모르겠습니다.

그날 그곳에서 열린 공연을 보고 나서 저는 호텔로 돌아와 일기를 썼습니다. 최근에 그 일기를 찾아보다가 거기에 적힌 '충격을 받았다'는 표현을 보고 순간 유치하고 순진하다는 생각에 웃음이 나왔어요. 하지만 그게 제가 처음 재즈를 들으면서 느낀 가장 솔직한 심정 같아요. 연주를 하기 전 서로 고개를 끄덕이고 눈빛을 교환하며 템포를 맞추던 뮤지션들의 모습, 화려한 악기와는 달리 소박한 옷차림, 공연 내내 연주에 집중하던 관객들의 표정, 솔로 즉흥연주가 끝날 때마다 터져나오던 박수 소리, 1부가 끝나고 쉬는 시간에 무대 주변을 구경하러 갔다가 보게 된 코드만 적혀 있는 허술한 악보, 벽에 걸린 흑백 사진 속 이름 모를 재즈 뮤지션들의 몰입한 표정들⋯ 그곳에서 보고 들은 사소한 모든 것들이 제 몸 안으로 세차게 부딪치며 달려들어 왔습니다.

여행을 마치고 한국에 돌아온 지 한 달쯤 되었을까. 한 재즈 클럽의 풍경들을 사진으로 기록하고 있던 사진작가 분이 공연 영상을 촬영해 보지 않겠냐고 제안했습니다. 참 좋은 곳인데 젊은 사람들이 잘 알지 못하니 무대 영상을 인터넷에 올려 알리고 싶다고요. 소니에서 출시된 캠코더를 들고 다니며 이런 저런 영상들을 촬영하고 편집하는 것이 취미이던 저는 파리 여행 중 우연히 경험한 재즈와의 첫 만남, 그것 하나만 기억하며 본격적으로 재즈의 세계에 발을 들였습니다. 재즈 곡 하나도 제대로 모른 채 겁도 없이 들어선 그곳은 한국 1세대 재즈 보컬리스트이자 재즈계의 대모라 불린 고(故) 박성연 님이 생전에 운영하시던 '야누스'였습니다. 지금은 재즈 보컬리스트 말로 님께서 '디바 야누스'라는 이름으로 그 정신을 이어가고 계신 곳이지요.

야누스가 문을 연 지 30주년이던 그해의 2월부터 10월까지, 저는 박성연 님을 비롯해 말로 님, 임미정 님, 이정식 님 등 관록 있는 국내 재즈 뮤지션 분들의 무대를 감상하며 재즈와 친해지기 시작했습니다. 야누스뿐 아니라 '올댓재즈', '에반스', '천년동안도'로 공연을 보러 다녔죠. 마일스 데이비스의 《카인드 오브 블루Kind Of Blue》, 키스 자렛의 《더 쾰른 콘서트The Köln Concert》, 빌 에반스의 《왈츠 포 데비Waltz For Debby》 같은 음반들을 밤새워 들었습니다. 대학교 도서관에서 재즈에 관한 책이 보이면 무작정 빌려 읽고 마음에 드는 책은 서점에서 구매했죠. M. C. 그리들리의 『재즈 총론』, 스터즈 터클의 『재즈, 매혹과 열정의 연대기』, 남무성의 『재즈 잇 업』 같은 책들을 그렇게 만났습니다.

어느 날 우연히 제 삶에 들어온 재즈는 이제 없어서는 안 될 존재가 되었습니다. 봄이 여름으로, 여름이 가을로, 가을이 겨울로 바뀌는 일이 제게는 곧 새로운 재즈의 계절이 찾아오는 것을 의미합니다. 영화와 영상이 좋아 본업으로 삼은 지 십 년이 넘어가고 있지만 제 일상에서 가장 큰 부분을 차지하는 건 단연 재즈 음악을 듣고, 재즈 공연에 가고, 재즈 플레이리스트를 만들고, 재즈에 관한 글을 쓰는 일입니다.

몇 번의 계절을 지나면서 저는 재즈가 단지 음악이 아니라 하나의 태도 혹은 정신에 가깝다는 것을 서서히 깨달았습니다. 서로 다른 악기들로 하나의 음악을 완성해 가는 재즈 밴드의 음악들은 존중과 신뢰를 바탕으로 상대방과 대화하는 자세가 얼마나 가치 있는 일인지 가르쳐 주었죠. 익숙한 것에서 벗어나 오직 그 순간에 일어나는 모든 감각에 집중해 음악을 창조하는 즉흥연주는 삶의 많은 것들을 틀 안에 가두고 통제하려는 경직된 사고방식에서 벗어나게 도와 주었고요. 수십 년간 지켜져 온 어떤 경향으로부터 멀리 벗어나 자기만의 문법을 발명한 재즈 뮤지션들의 이야기는 창작을 위한 영감이 되어 주었습니다. 때로 그 영감이 그들처럼 대단한 것을 만들지 않으면 안 될 것 같은 강박으로 바뀔 때면, 부드러운 재즈의 스윙 리듬에 몸과 마음을 맡기며 긴장을 풀었습니다.

그저 재즈를 들었을 뿐인데 어떻게 살아야 할지 알 것 같은 기분이 들었습니다. '아니, 그게 어떻게 다 재즈 덕분이겠어' 싶기도 하겠지만, 재즈를 모르던 때의 나와 재즈를 알고 난 뒤의 나, 그 둘 다를 아는 입장에서 분명히 말할 수 있습니다. '이게 다 재즈 덕분' 이라고요.

그래서일까요, 저는 재즈에서 영감을 얻어 자신의 세계를 완성하는 사람들에게 마음이 끌립니다. 영화, 다큐멘터리, 광고, 책, 사진, 그림, 향수 속 어디에나 재즈에서 얻은 영감을 녹이는 사람들이요. 그들의 삶과 작품에 얽힌 이야기 속에는 음악을 이해하고 사랑하는 다양한 방법들과, 음악에서 얻은 깨달음을 삶과 작품에서 활용할 수 있게 해 주는 놀라운 비결들이 가득 담겨 있죠.

저는 그 이야기들을 월간 〈재즈피플〉의 지면을 빌려 전해 왔습니다. 이 기록을 수년간 꾸준히 이어 올 수 있었던 건 어떤 믿음 때문이었던 것 같아요. 재즈 뮤지션이 아니더라도, 재즈에 관한 배경지식이 없더라도, 누구에게나 재즈의 계절이 찾아오기 마련이고, 그 찬란한 계절을 충분히 즐길 줄 알게 되면 누구라도 빨간 사과처럼 탐스러운 열매를 맺을 수 있다는 믿음 말이에요.

연재 당시 미처 하지 못한 이야기들을 더해 여기 이렇게 한 권의 책으로 담았습니다. 일 년 열두 달의 이름으로 구분된 챕터들을 열면, 온전히 저의 이야기를 담은 첫 달과 마지막 달을 제외하고, 매달 영화에 관한 이야기 한 편과 창작자들에 관한 이야기 한 편을 만날 수 있습니다.

한 달 한 달 지나가는 시간에 몸과 마음을 맡기고 오직 당신만이 느낄 수 있는 재즈의 계절을 만나기를 바랍니다. 책장을 덮고 나면 재즈는 당신 곁 어디에나 있고, 오직 남은 것은 당신이 재즈를 발견하는 일뿐일 거예요. 억지로 발견하려고 노력하지 않아도 됩니다.

모든 것은 우연으로부터 시작되는 법이니까요.

사랑과 마찬가지로.

2월

"If you're not making a mistake,
it's a mistake."

Miles Davis

"만약 실수를
하지 않고 있다면
그게 실수다."

마일스 데이비스

어쩌면 틀리지 않았을지도 모른다

재즈 뮤지션들이 들려 주는 일화 중 제가 가장 좋아하는 이야기는 피아니스트 허비 행콕이 트럼페터 마일스 데이비스와 함께한 합동 공연 중에 겪은 일입니다.

"제 기억으로는 「소 왓So What」을 연주하고 있을 때였던 것 같아요. 마일스 데이비스가 작곡해서 《카인드 오브 블루Kind Of Blue》에 실은 그 곡 말이에요. 토니 윌리엄스가 드럼을, 론 카터가 베이스를, 웨인 쇼터가 색소폰을 불고 있었죠. 정말 엄청난 밤이었어요. 아주 팽팽하고, 힘 있고, 혁신적이고, 재밌었죠. 다들 즐기고 있었어요. 이제 마일스가 한창 솔로 연주를 하는데, 그건 정말 놀라운 솔로 연주여서 저도 몰입해서 들으면서 연주하고 있었어요. 그런데 그 솔로 중간에 제가 잘못된 코드를 치고 말았어요. 완전히 틀린 코드였죠. 누가 들어도 실수라는 것을 알 수 있는 코드요. 저는 그걸 치고는 손으로 귀를 막은 채 패닉 상태에 빠졌죠. 그런데 마일스가 연주를 잠깐 멈추더니 제가 연주한 게 맞는 코드처럼 들리도록 하는 라인들을 불었어요. 아주 놀랐죠. 제가 연주한 잘못된 음들을 마일스가 맞는 음으로 바꿔 놓은 거예요.

제가 이제 와서 깨달은 것은 마일스가 제 실수를 실수로 듣지 않았다는 겁니다. 그냥 잠깐 일어난 일, 하나의 해프닝 정도로 여긴 거죠. 그건 그저 현실의 한 부분이고 순간적으로 일어나 버린 일이었죠. 그는 그걸 처리한 것뿐이고요. 제 연주를 실수라고 듣지 않았기 때문에 그 코드에 맞는 라인을 찾는 것이 자신의 책임이라고 생각했을 테고, 그걸 기가 막히게 해낸 거죠.

저는 이게 비단 재즈 음악을 연주할 때만이 아니라 우리 삶에도 아주 큰 가르침을 준다고 생각해요. 우리는 각자 개인적인 관점에서 세상을 바라보고 싶어 하죠. 나에게 편한 방식으로 말이죠. 그런데 제 생각에 중요한 것은 우리가 성장한다는 것이고, 성장할 수 있는 유일한 방법은, 열린 마음으로 모든 상황을 있는 그대로 받아들이는 거예요."

픽사에서 작품 활동을 선보여 온 피트 닥터 감독도 이 이야기에 감명을 받았다고 합니다. 어릴 때부터 재즈 음악에 관심이 많았던 재즈 애호가이자 아마추어 재즈 베이시스트인 그는 애니메이션 영화 〈인사이드 아웃〉 이후 차기작을 기획하는 과정에서 이 이야기를 접하고는 영화 주인공의 직업을 재즈 피아니스트로 정했죠. 픽사 최초로 흑인이 주인공으로 등장하는 애니메이션 영화 〈소울〉은 그렇게 탄생했습니다.

〈소울〉이 재즈에 대한 작품인가 묻는다면 그렇지는 않습니다. 재즈 뮤지션이 주인공이고 재즈 클럽이 중요한 공간적 배경으로 등장하는 것은 사실이지만 이러한 설정들 때문에 재즈와 재즈 문화에 대한 풍성한 이야기를 기대하며 감상을 시작한다면 작품 속에서 방향을 잃고 말 것입니다. 물론 애니메이션에 나오는 재즈 클럽 '하프노트(과거에 뉴욕에서 운영되었으나 현재는 사라진 재즈 클럽)'의 로고와 외관이 '블루노트'와 '빌리지 뱅가드'의 것과 유사하고, 뉴욕 최고의 색소포니스트라며 등장한 도로테아 윌리엄스(안젤라 바셋 분)의 외모가 재즈 보컬리스트 니나 시몬의 풍모를 닮았다는 점 등이 재즈 팬으로서 반가울 수 있지만 그것뿐입니다.

하지만 앞서 허비 행콕이 마일스 데이비스와의 일화를 통해 깨달은 것과 마찬가지로, 어떤 사건은 우리의 삶을 살아가는 데 중요한 힌트가 되어 주는 법입니다. 그래서 피트 닥터는 재즈를 이 영화가 전달하고자 하는 메시지를 극대화하는 모티프로 사용하고자 했습니다. 계획에서 벗어났다고 좌절하지 말고, 그 상황에서 최선을 다해 삶에서 소중한 것으로 바꾸어 보자는 이야기. 그는 〈씨네21〉과의 인터뷰에서 이렇게 말했습니다.

"재즈는 우리가 이 영화에서 전달하고자 하는 메시지의 완벽한 은유였던 셈이다."

FILM
피트 닥터 〈소울〉(2020)

생각해 보면 삶이란 정말이지 계획대로 되지 않습니다. 〈소울〉
의 주인공 조 가드너(제이미 폭스 분)의 삶이 그렇듯 말이죠. 그는 중
학교 밴드부를 담당하는 계약직 음악 선생님으로 살아가던 무명
재즈 피아니스트입니다. 평생 음악가로는 재미를 못 볼 줄 알았는
데 웬걸, 우연히 주어진 기회로 중요한 오디션에 통과하게 되었습
니다. 그것도 자신이 평소 존경했던 색소포니스트 앞에서, 무언가
에 홀린 듯 인생 최고의 즉흥연주를 해내면서 말이죠.

공연은 당장 오늘 밤입니다. 하지만 그는 뉴욕 최고의 재즈 클
럽에서 데뷔할 수 있다는 사실에 들떠 도시를 누비다가 그만 도
로에 난 깊은 맨홀 구렁텅이로 떨어져 의식을 잃고 맙니다. 영화가
시작한 지 5분 정도 되었을까 싶은 시점이라 관객들 역시 황망하
기는 마찬가지입니다. 이제 겨우 얼굴을 익혔을 뿐 이렇다 할 정도
들지 않은 캐릭터가 이렇게 허무하게 죽음의 위기에 빠질 것이라
고는 누구도 예상할 수 없었겠죠. 찬란한 삶에 갑자기 찾아온 죽

음의 위기. 바로 이것이 〈소울〉 이야기의 시발점입니다.

　잠시 실신한 것인지 뇌사 상태인지는 분명치 않아 보입니다. 하지만 다음 장면에서 조 가드너의 영혼이 육체와 분리되어 저승길에 놓여 있는 것을 보니, 심상치 않은 상황인 건 분명해 보이네요. 그의 영혼은 저승으로 향하는 길에서 벗어나 미지의 세계를 헤매다가 '유 세미나'라는 공간에 도달합니다. 이곳은 인간이 지구에서 태어나기 전 영혼이 형성되는 세계입니다.

　유 세미나의 메커니즘은 그야말로 픽사다운 상상력을 기반으로 설계되어 있습니다. 인간이 되기 위한 각각의 영혼들은 여섯 가지 성격 특성을 여러 비율로 조합한 고유의 성격을 부여받고, 죽은 자들 중 멘토 자격을 얻은 영혼의 도움으로 자기만의 '불꽃'을 찾아야만 지구 통행증을 발급받아 인간으로 태어날 수 있습니다.

문제는 이 메커니즘의 완전성이 조 가드너의 우연한 방문으로 흐트러졌다는 것입니다. 조 가드너는 유 세미나의 관리자들로부터 멘토 자격을 부여받은 한 교수의 영혼으로 오해를 받고, 원래 그 멘토가 담당했어야 하는 22번 영혼(티나 페이 분)을 맡게 됩니다. 이 22번 영혼은 쉽게 말해 문제아, 아니 문제영혼입니다. 니콜라우스 코페르니쿠스, 에이브러햄 링컨, 마더 테레사, 무함마드 알리 등 수많은 위인들의 멘토링에도 불구하고 22번 영혼은 여전히 자기만의 불꽃을 찾지 못한 채 유 세미나에 머물고 있습니다. 꿈만 같은 기회를 손에 쥔 직후 곧장 죽음이라는 위기를 맞아 삶에 대한 욕망이 그 어느 때보다 가득한 조 가드너가 과연 22번 영혼이 불꽃을 찾을 수 있도록 돕는 멘토링에 성공할 수 있을까요? 관객들은 마치 자신의 앞날을 내다볼 때와 마찬가지로, 이야기의 방향성을 점치기 어렵습니다.

　피트 닥터 감독은 23년 전 아들이 태어났을 때 이 이야기의

JAZZ
「Bigger Than Us」
작곡: 존 바티스트

모티프를 떠올렸다고 합니다. 사람의 성격은 어떻게 형성되는 것인지, 인간은 반드시 뛰어난 성취를 이루어야 하는 것인지, 그보다 더 중요한 일은 없는 것인지 등 감독이 평소 갖고 있던 궁금증과 고민들이 〈소울〉에 고스란히 담겨 있죠.

〈소울〉이 발표된 직후 스토리 콘셉트 다음으로 주목받은 것은 단연 OST였습니다. LA영화비평가협회, 시카고영화비평가협회 등에서 주요 음악상을 석권한 〈소울〉의 OST에는 어떤 뮤지션들이 참여했을까요?

〈소울〉의 음악은 기본적으로 조 가드너가 살아가는 현실 속 도시 '뉴욕'과, 유 세미나를 중심으로 한 '영혼계'로 나누어 기획되었습니다. 각 공간의 음악감독도 다릅니다. 영혼계 쪽을 담당한 음악감독은 영화 〈소셜 네트워크〉의 음악감독을 맡았던 트렌트 레즈너와 애티커스 로스이고, 뉴욕 쪽을 담당한 음악감독은 세계적인 재즈 피아니스트이자 작곡가인 존 바티스트입니다.

존 바티스트는 조 가드너를 비롯해 애니메이션에 등장하는 재즈 뮤지션 캐릭터들이 선보이는 라이브 연주 장면의 음악과, 조 가드너와 22번 영혼이 뉴욕에서 벌이는 소동 장면에 흐르는 재즈 스코어 음악 전체를 총괄했습니다. 그는 95세부터 19세까지 폭넓은 연령대의 뮤지션으로 밴드를 구성해 기성세대와 새로운 세대가 공감할 수 있는 재즈 사운드트랙을 완성했죠. 트렌트 레즈너와 애티커스 로스가 선보이는 몽환적인 전자 음악과 대비되어 들리는 존 바티스트의 재즈 음악은 수많은 차량과 빌딩들이 만들어내는 도시 소음과 조화를 이루면서 애니메이션의 생동감을 한층 더 풍성하게 만들어 주었습니다.

재즈 사운드트랙 중 가장 인상적인 두 곡은 모두 조 가드너가 연주하는 곡들입니다. 첫 번째 음악은 그가 재즈 클럽에서 오디션으로 치른 무대 속에 등장한 「비거 댄 어스Bigger Than Us」입니다.

관객들로부터 마치 존 콜트레인을 떠올리게 한다는 찬사를 받은 색소폰 연주의 주인공은 티아 풀러입니다. 비욘세, 다이앤 리브스 등 세계적인 뮤지션들의 세션으로 명성을 얻은 그는 애니메이션에서 등장하는 가상의 거장 색소포니스트 도로테아 윌리엄스의 연주를 맡아 실력을 발휘했죠. 색소폰 연주가 끝난 뒤 등장하는 피아노 즉흥연주는 역시 존 바티스트의 연주입니다. 그간 갈고닦은 실력을 한 순간에 평가받아야 하는 밴드 오디션 무대에서 무아지경에 빠진 연주를 선보여 밴드 구성원 모두를 사로잡는다는, 아마도 아직 자신의 무대를 갖지 못한 모든 재즈 뮤지션들이 꿈꾸는 판타지일 것이 분명한 그 거짓말 같은 장면이 관객들을 설득할 수 있었던 것은 존 바티스트의 황홀한 즉흥연주 덕분이지 않았을까요.

두 번째 음악은 22번 영혼과 시간을 보내며 삶의 진정한 의미를 깨닫게 된 조 가드너가 자신의 방에서 홀로 선보이는 피아노 솔로곡 「에피파니Epiphany」입니다. 한 음 한 음 느리지만 흔들림 없이 연주하는 이 곡은 관객들이 조 가드너의 삶뿐 아니라 자신의 삶을 돌아볼 수 있도록 도와 주는 명곡이지요.

혹시 지금 고민에 빠져 있나요? 돌이킬 수 없는 실수를 했다고 생각하고 있나요? 계획했던 것과 다른 결과가 나왔나요? 예기치 못한 사고로 많은 것이 망가져 버렸나요? 정말 다 틀려 버렸는지도 모릅니다. 하지만 이 영화는, 아니 재즈는, 어쩌면 틀리지 않았을지도 모른다고 말합니다. 지금 겪는 크고 작은 실패들이 정말로 틀린 것인지는 아직 결정되지 않았다고 말입니다. 우리는 그것이 틀리지 않도록 만들 수 있는 다음 할 일을 고민해야 합니다.

Think Different

"Think different." 다른 것을 생각하라고 말하는 이 단순한 광고 캠페인은 역사상 가장 위대하다고 일컬어집니다. 애플을 12년간 떠나 있던 스티브 잡스가 경영난에 빠진 애플로 다시 돌아온 1997년에 이 광고가 집행되었기 때문에, 많은 사람들은 이 광고 캠페인이 아니었다면 애플이 빠르게 정상 궤도에 오를 수 없었을 것이라고 입을 모으죠. 어디까지나 가정일 뿐이지만 이런 짓궂은 가정 놀이가 용인될 만큼 이 광고 캠페인의 파급력은 막강했습니다.

지면 광고의 구성은 아주 간단합니다. 한 장 한 장의 포스터 형식으로 만들어진 흑백 사진에는 각 분야에서 최고라 일컬어지는 명사들의 모습이 담겨 있습니다. 아인슈타인, 토머스 에디슨과 같은 과학자도 있고, 간디, 넬슨 만델라와 같은 정치사회적 지도자도 있고, 찰리 채플린, 알프레드 히치콕, 마사 그레이엄과 같은 예술가들도 있지요. 지면의 한 구석에는 무지개색으로 디자인된 애

애플 광고 캠페인

플의 로고가 있고, 그 아래 캠페인의 슬로건 'Think Different'가 적혀 있을 뿐입니다. 흑백과 무지개 컬러의 대비 때문에 사진 속 명사들과 애플 로고 모두 존재감 있게 잘 드러나고, 두 단어로만 이루어진 카피는 짧지만 한번 들으면 잊을 수 없는 강렬한 메시지로 사람들의 뇌리에 남습니다. 그야말로 더하거나 덜할 것이 없는 완성된 형식입니다.

같은 콘셉트 안에서 TV라는 매체에 맞게 제작된 영상 광고에는 흑백 사진 대신 흑백 동영상이 쓰였고, 영화배우 리처드 드레이퍼스의 목소리로 녹음된 내레이션이 포함됐습니다. 이 내레이션은 '미친 이들(The Crazy Ones)'이라는 제목으로 오늘날까지도 많은 사람들에게 마치 시처럼 회자되고 있습니다.

여기 미친 이들이 있습니다.
부적응자, 혁명가, 문제아.

모두 사회에 부적격인 사람들입니다.

하지만 이들은 사물을 다르게 봅니다.

그들은 규칙을 좋아하지 않고 현상 유지도 원하지 않습니다.

그들을 찬양할 수도 있고, 그들과 동의하지 않을 수도 있으며, 그들을 찬미할 수도, 비방할 수도 있습니다.

하지만 할 수 없는 일이 딱 한 가지 있습니다. 결코 무시할 수 없다는 사실입니다. 그들은 뭔가를 바꿔 왔기 때문입니다. (…)

　

당시 이 광고 캠페인의 기획과 진행 전체를 맡았던 TBWA샤이엇데이의 크리에이티브 디렉터이자 매니징 파트너였던 롭 실타넨이 스티브 잡스의 타계 이후 〈포브스〉 지에 자세히 기고했습니다. 덕분에 이 광고 캠페인이 세상에 나오는 과정이 어떠했는지 낱낱이 밝혀졌죠. 특히 화제가 되었던 것은 스티브 잡스가 이 광고 캠페인 아이디어에 언제나 협조적이지는 않았고 다소 과한 언사와 함께 시안의 수정을 요청하며 시간을 허비하다가 결국 TBWA 샤이엇데이가 맨 처음에 제시했던 안과 유사한 아이디어를 채택했다는 사실이었죠. 그 과정이 글에 꽤 자세하게 묘사되었기 때문에 광고계에서는 한때 '이렇게 위대한 광고를 몰라보고 고생시켰다니, 스티브 잡스도 어쩔 수 없는 꼰대 클라이언트였구나' 하는 쓸쓸한 농담들이 오가기도 했습니다. 하지만 십여 년간 기업들의 영상 콘텐츠를 기획하고 제작해 본 입장에서 감히 이야기해 보자면, 결국 최고의사결정권자인 스티브 잡스의 최종 결정을 통해 이 광고 캠페인이 집행될 수 있었다는 점을 잊어서는 안 될 것입니다. 물론 그 의사결정이 좀 더 신속했더라면 실무자들이 정신적으로 행복했겠지만, 그렇다고 해서 마케팅에 대한 그의 철학이나 안목이 폄하될 근거는 되지 않는다고 생각합니다.

스티브 잡스가 공개된 자리에서 밝혀 온 마케팅 철학을 살펴

보면, 〈Think Different〉 캠페인은 그가 평소 추구했던 바를 마치 거울처럼 비추고 있습니다. 스티브 잡스가 이 캠페인을 세상에 처음으로 공개하면서 전한 이야기를 들어 보죠.

"마케팅의 본질은 가치입니다. 매우 복잡한 세상입니다. 매우 시끄러운 세상이에요. 그리고 사람들에게 우리를 각인시킬 수 있는 기회는 자주 오지 않을 겁니다. 그건 모든 회사가 마찬가지예요. 따라서 우리는 사람들이 우리에 대해 알았으면 하는 것들을 명확히 인지해야 합니다. (⋯) 그러기 위해서 애플이 취해야 할 방법은 속도 및 요금에 대해 이야기하는 것이 아니고, 초당 연산량이나 프로세서를 이야기하는 것이 아니며, 우리가 왜 윈도우보다 나은지 설명하는 것이 아닙니다. (⋯) 이 분야에서 최고의 본보기이자 역대 최고의 마케팅 업적을 이룩해 낸 회사는 나이

키입니다. 나이키는 신발 파는 회사이지요. 하지만 나이키 하면 단순히 신발 회사가 아닌 다른 무언가가 떠오릅니다. (…) 그들은 절대 에어 운동화가 왜 리복의 제품보다 나은 지 이야기하지 않습니다. 그 대신 뭘 하죠? 그들은 위대한 운동선수들에게 경의를 표하고 위대한 스포츠 역사를 기 립니다. 그것이 그들의 정체성이고 그것이 그들이 존재하 는 이유입니다."

그의 연설이 한 차례 끝나고 TV광고 버전으로 제작된 영상이 청중에게 공개된 직후, 청중의 큰 박수 소리의 여운 속에 스티브 잡스는 다시 이야기합니다. "저는 압니다. 누군가는 우리를 비난할 거예요. 우리가 우리의 제품이 다른 회사들보다 나은지 설명하려 하지 않는다고 말이죠. 하지만 우리는 반드시 사람들에게 알려야 했습니다. 애플이 누구이고 왜 이 세상에 존재해야 하는지."

애플이, 그리고 스티브 잡스가 〈Think Different〉 광고 캠페인을 집행하면서 전한 메시지는 캠페인에 등장하는 수십 명의 명사들이 살아생전에 세상에 전하고자 했던 메시지와 일맥상통합니다. 그중에서 이 지면에서 다루고 싶은 한 사람이 있습니다. 전설적인 재즈 뮤지션, 마일스 데이비스입니다.

이 캠페인에 선정된 명사 중에 뮤지션은 제법 많습니다. 지미 헨드릭스, 밥 딜런, 존 레논, 존 바에즈, 프랭크 시나트라 등 여러 장르의 보컬리스트들이 선정되었는데 그중 마일스 데이비스만 유일한 연주자죠.

마일스 데이비스가 이토록 큰 존경을 받는 이유는 수십 가지 말할 수 있습니다. 하지만 그 전에 그가 직접 제시한 답변을 먼저 들어 보는 게 좋겠습니다. 1987년, 백악관에서 열린 레이 찰스 기념 콘서트에서 그가 이곳에 어떤 업적으로 오게 되었는지 궁금해하는 한 백인에게 마일스 데이비스가 건넨 답변입니다. "난 음악을 네다섯 번 정도 변화시켰지요. 당신은 하얗게 태어난 것 빼고 어떤 중요한 일을 하셨나요?"

그렇습니다. 마일스 데이비스의 캐릭터는 판도를 변화시키는 자, 즉 '게임 체인저'입니다. 그는 재즈라는 음악이 변화하지 않고 기존의 형식에 안주해 있을 때마다 등장해 아주 굵은 획을 그으며 재즈의 판도를 바꾸어 버렸죠. 재즈를 즐기던 사람들은 그가 새로운 시도를 선보일 때에서야 비로소 재즈가 한동안 어떤 형식 안에 정체해 있었다는 사실을 깨닫곤 했습니다. 예상할 수 없는 시점에 과감한 변화를 추구하는 그의 스타일은 자칫 지나치게 낯선 시도로 외면당할 수도 있었겠지만, 단 한 음만 들어도 '아, 이게 재즈다'라고 느낄 수 있을 만큼 완벽한 트럼펫 연주 실력 덕분에 그의 시도는 단순히 새롭기만 한 것이 아닌, 새로우면서 동시에 아름다운 변화로 받아들여질 수 있었습니다.

그가 재즈의 판도를 바꾼 결정적 장면은 찰리 파커, 델로니어스 몽크, 소니 롤린스 등의 뮤지션들을 중심으로 크게 사랑받고 있던 비밥과 하드밥의 판도를 '쿨 재즈'라는 새로운 스타일의 재즈로 바꾸어 놓은 순간입니다. 아무도 쿨 재즈라는 표현을 쓰지 않던 1957년, 마일스 데이비스가 《버스 오브 더 쿨Birth Of The Cool》이라는 이름으로 발표한 컴필레이션 음반은 쿨 재즈라는 말을 직접적으로 유행시킨 음반이자 쿨 재즈의 탄생이 최초로 선언된 역사적 작품으로 평가받습니다.

실제 녹음은 음반 발매 시기보다 한참 전인 1949~50년에 이루어졌기 때문에 비밥과 하드밥의 영향이 여전히 남아 있습니다. 하지만 마일스 데이비스는 이 음반에서 비밥과 하드밥에 비해 미니멀한 구성과 시니컬한 감성의 사운드를 확실히 내세우며 당시 재즈 팬들을 사로잡았습니다. 이 음반을 기점으로 비밥과 하드밥은 마일스 데이비스가 주창한 쿨 재즈 사운드에 비해 상대적으로 더 열정적으로 느껴진다는 점에서 '핫 재즈'라고 불리기 시작하면서 '옛날 재즈' 취급을 받게 됐죠.

이후 마일스 데이비스가 1959년에 발표한 《카인드 오브 블루 Kind Of Blue》는 쿨 재즈의 스타일을 완성시킨 음반이자 모달 재즈를 주창한 음반으로 평가받으며, 거의 모든 뮤지션들과 비평가들이 재즈 역사상 가장 뛰어난 음반으로 손꼽는 작품이 되었습니다. 모달 재즈란 전통적인 코드 변경을 사용하는 코달 재즈와 대비되는 개념으로, 모드(mode)라는 개념을 중심으로 전개하는 음악 형식을 의미합니다. 이는 재즈에서의 음악 작곡 방식은 물론 즉흥연주의 아이데이션 방식까지 뒤틀어 버린 새로운 시도였습니다. 실제로 이 음반에 참여한 존 콜트레인, 캐논볼 애덜리, 빌 에반스, 폴 챔버스, 지미 콥, 윈튼 켈리와 같은 뮤지션들은 녹음하던 당일 마일스 데이비스가 제시한 아주 최소한의 모드만을 공유한 채 즉흥 연주로 음악을 완성해 나갔는데, 이러한 녹음 방식은 그들에게도 아주 낯선 것이었다고 하죠.

이렇게 상황을 들여다보면 이 음반의 음악이 아주 난해할 것 같겠지만, 생각보다 많은 '재알못'들이 이 음반을 통해 재즈에 입문할 정도로 《카인드 오브 블루》의 사운드는 듣기에도 매력적이고 편안한 요소들을 갖추고 있습니다. 즉흥연주라는 것이 믿어지지 않는 완벽한 곡의 진행과 구성이 일종의 '와우포인트'로 작용하면서 상업적으로도 대성공을 거두었죠.

마일스 데이비스의 업적은 여기에서 끝나지 않습니다. 그는 아날로그 악기만을 고집하는 분위기가 팽배했던 재즈계의 흐름에서 벗어나 일렉트릭 악기를 연구한 끝에 1970년 《비치스 브루 Bitches Brew》라는 퓨전 재즈 음반을 발표하며 다시 한 번 새로운 스타일을 창시하기에 이릅니다. 일렉트릭 기타와 일렉트릭 피아노 등을 적극 활용한 이 음반은 일렉트릭 퓨전 재즈 장르의 탄생작으로 여겨지며 재즈의 저변을 확대하는 데 크게 기여했죠.

재즈 역사에서 가장 빛나는 순간으로 일컬어지는 쿨 재즈, 모달 재즈, 일렉트릭 퓨전 재즈의 탄생을 직접 이룩해 냈을 뿐만 아니라, 말년에 이르러서도 끊임없이 새로운 변화를 시도했던 마일스 데이비스가 사실 가장 좋아하는 것은 전통적인 재즈 발라드였다는 사실이 참 놀랍죠. 발라드 연주하는 것을 너무나 좋아하지만, 좋아하는 것만을 계속했다가는 그것에 안주할 것이 두려워 발라드 연주를 그만두었을 정도로 그는 정체와 반복을 엄격하게 지양하고 오직 새로운 변화만을 추구했던 사람입니다. 마일스 데이비스는 애플의 〈Think Different〉 광고 캠페인 속 흑백 사진 안에서 가만히 트럼펫을 껴안고 상념에 빠진 모습으로 우리에게 말합니다. 기존과 다른 것을 생각해 보자고. 오직 그것만이 자신을 자신답게 살 수 있도록 하는 유일한 힘이라고 말입니다.

3월

"It isn't where you came from;
it's where you're going that counts."

Ella Fitzgerald

"당신이 어디에서
왔는지가 아니라
어디로 가고 있는지가
중요하다."

엘라 피츠제럴드

떠날 수 없다면 사랑해 버리자

도시를 좋아합니다. 자유와 시스템, 공존과 구별 짓기, 예술과 자본이 힘겨루기를 벌이는 곳. 양립불가능할 것 같은 것들이 충돌하며 발생시키는 그 입체적인 에너지와 문화들이란 도시만이 지닌 매력이죠. 그래서 저는 도시를 떠나 살아 볼 생각을 거의 한 적이 없습니다. 여행지로 선택하는 곳 역시 휴양지보다는 언제나 도시 한가운데입니다.

파리, 런던, 로마, 루체른, 도쿄, 베이징, 상하이, 칭다오, 타이베이, 홍콩 등 많은 도시를 가 보았지만 뉴욕은 확실히 특별했습니다. 어떤 도시에서도 동시에 본 적 없는 다양한 인종이 어떤 교집합도 없는 스타일로 분주히 돌아다니는 모습은 그 자체로 볼거리였어요. 이들 중 타인의 시선을 의식하는 사람이 있을까 생각하면, 고개가 저어집니다. 그들이 각자의 삶을 떳떳하게 살고 있다는 건 걸음걸이와 표정을 마주하면 그냥 알 수 있었죠. 모두가 한목소리로 이렇게 말하는 것 같았습니다. "야, 그냥 네 맘대로 살아."

다양성과 자유로움의 에너지가 가득한 풍경은 뉴욕이 지닌 너무나 자연스러운 정체성 중 하나이기에, 이방인이어도 적응하기는 어렵지 않았습니다. 오히려 낯선 공간에 있다는 해방감과 함께 뉴욕 특유의 분위기가 시너지를 일으켜 더 큰 자유를 느낄 수 있었습니다. 온전한 도시인으로서의 나를 만나게 된 것 같았죠.

하지만 한 가지 적응할 수 없던 것도 있습니다. 말로 쉽게 설명하기 어려웠는데 뉴욕을 떠날 때가 되어서야 깨닫게 됐어요. 그것은 바로 골목길이 없다는 것이었습니다. 뉴욕은 1811년 수립된 맨해튼 그리드 계획에 따라 모든 공간이 격자형 도로망으로 조성된 도시입니다. 직사각형이 아닌 다른 모양의 블록은 존재하지 않죠. 센트럴파크도 하늘 위에서 내려다보면 커다란 직사각형에 불과합니다. 그 말은 어떤 공간 안에 있어도 그 공간 바로 앞에는 직선으로 뻗은 대로가 있다는 의미입니다.

서울이나 다른 도시들, 그러니까 골목길이 있는 여러 도시들이 떠올랐습니다. 그곳에는 대로 안쪽에 거미줄 같은 골목길들이 촘촘하게 나 있죠. 대로에 있는 공간들은 '이곳을 지나가는 사람들'을, 골목길에 있는 공간들은 '이곳을 찾아오는 사람들'을 기다리는 경우가 많은데, 저는 골목길에 찾아 들어온 사람들 틈에서 함께 걷거나 그곳에 문을 연 지 오래된 공간에 머무르기를 좋아하는 편입니다. 하지만 뉴욕에는 그럴 만한 골목길이 없었던 거죠. 거리마다 온통 '지나가는' 사람들로 북적일 뿐입니다. 뉴욕이라는 도시에서만 경험할 수 있는 완전한 자유에 취해 머무르고 싶다가도 왠지 이곳에서 빨리 빠져나와 지나가야 할 것 같은 초조한 느낌. 이 때문에 모든 여정을 마치고 비행기에 올랐을 때 저는 이곳을 떠나는 것이 오히려 홀가분하기도 했습니다.

NETFLIX
마틴 스콜세이지 〈도시인처럼〉 (2021)

뉴욕에 대한 이 양가적인 감정은 이방인에게만 해당하는 건 아닌가 봅니다. 넷플릭스에 공개된 마틴 스콜세이지의 다큐멘터리 시리즈 〈도시인처럼〉을 보면 알 수 있습니다. 여기에는 뉴욕에서 50년 넘게 살고 있는 작가이자 비평가인 프랜 리보위츠가 주인공으로 등장해요. 그는 20대 때 앤디 워홀이 창간한 잡지 〈인터뷰〉의 칼럼니스트로 활동하며 이름을 알리기 시작했고, 70대에 접어든 지금은 냉소적인 유머 감각과 거침 없는 입담으로 젊은 세대에게 소위 '힙한 할머니'로 여겨집니다. 대표적인 뉴요커죠.

이 다큐멘터리는 대중교통, 돈을 버는 일, 건강 등 도시인이라면 공감할 수 있는 주제로, 일곱 개의 에피소드로 제작됐습니다. 그중 표제작인 1화 '도시인처럼'에는 프랜 리보위츠가 말하는 뉴욕에 대한 신랄한 비판이 가득합니다. 스마트폰은 물론 컴퓨터도 일절 사용하지 않고 아날로그 방식의 삶을 고수하는 그의 관점에서 현대의 뉴요커들은 스마트폰을 보며 걷느라 늘 사고 위험에 노출되어 있는, 제대로 걷는 법도 모르는 인류입니다. 일관성 없는 도시 행정으로 망가진 타임스스퀘어는 그의 표현에 따르면 '쓸데없는 장식이 가득한 본인의 할머니 집'과 다름없습니다. 생활도 만만치 않습니다. 높은 주거 비용 때문에 집을 소유하지 않은 이들은 이사 때마다 비싼 가격에 임시 거처를 계약해야 하는 스트레스에 시달리고, 지나치게 복잡한 도시 환경 때문에 세탁물을 찾는 단순한 일상도 좀처럼 편안하게 이루어지지 않죠.

도무지 만족할 것을 찾을 수 없는 도시인 모양인데 도대체 왜 프랜 리보위츠는 뉴욕에 살고 있는 걸까요? 그의 대답은 이렇습니다. "늘 엄청난 문제가 생겨요. 그때 깨닫죠. 왜 뉴욕에 사느냐고 물으면 딱히 답할 말은 없지만 적어도 뉴욕에 살 용기가 없는 이들을 경멸하게 된단 사실을요." 이어서 그는 뉴욕이 아닌 다른 곳에 사는 이들을 향해 특유의 냉소적인 유머를 섞어 질문을 던집니다. "그렇게 쉬운 곳에 살아요? 모두 당신에게 친절하고 등쳐 먹으려

JAZZ
「New York's My Home」
작사·작곡: 고든 젠킨스
노래: 레이 찰스

는 사람도 없는 곳에? 그건 어른의 삶이 아니잖아요."

　그야말로 프랜 리보위츠다운 풍자와 조롱이 가득한 답변과 함께 1화가 끝나갈 무렵, 다큐멘터리에서는 레이 찰스가 부르는 「뉴욕 이즈 마이 홈New York's My Home」이 들려옵니다. 뉴욕을 떠나고 싶어 하는 사람들에게 뉴욕을 떠나지 말라고 붙잡는 메시지의 노래. 반 세기 넘는 시간 동안 뉴욕에서 살며 끊임없이 뉴욕의 문제를 비판하고 있지만, 한편으로는 뉴욕을 떠나지 않고 독특한 방식으로 이 도시에 대한 사랑을 지키고 있는 프랜 리보위츠의 존재를 대변해 주는, 그야말로 탁월한 곡 선정입니다.

　할 수만 있다면 맨해튼의 한 블럭만이라도 빌려 지렁이 같은 좁은 길을 미로처럼 내고 싶다는 생각을 합니다. 지도를 봐도 찾기 어려운 그 길에 누구라도 오래 머무를 수 있는 카페를 하나 숨겨 두면 어떨까요. 그 카페에서 「뉴욕 이즈 마이 홈」이 흘러나온다면, 뉴욕을 지금보다 더 사랑할 수 있을 것 같습니다.

Listen all you New Yorkers

There's a rumour going around

That some of you good people want to leave this town

Well, you better consult with me before you go (Why?)

Cause I've been in all these places and I know

뉴요커들 모두 잘 들어요

소문이 돌고 있어요

당신들 중 몇몇 좋은 사람들이 이 도시를 떠나고 싶어 한다고요

하지만 떠나기 전에 나와 상의하는 게 좋을 거예요 (왜요?)

전 모든 곳에서 살아 봤거든요 그래서 알고 있죠

(Chicago?)

Chicago's all right

It's got the Wrigley Field and Soldier's Field

And Marshall Field and it's on a nice lake

But it hasn't got the hansoms in the park

It hasn't got a skyline after dark

That's why New York's my home

Never let me leave it

New York's my home, sweet home

(시카고?)

시카고는 괜찮아요

리글리 필드 야구장이 있고 솔저스 필드 경기장이 있고

마샬 필드 백화점이 있고 좋은 호수가 있죠

하지만 거기엔 공원의 마차가 없죠

어두워진 뒤의 스카이라인도 없고요

그래서 뉴욕이 나의 집이에요

나를 떠나게 하지 말아요

뉴욕은 나의 집, 달콤한 집이라고요

(Hollywood?)

Hollywood's got movie star and

Movie czars and cocktail bars and

Shiny cars and a wonderful climate, they say

But it hasn't got the handy subway train

You seldom find a taxi when it rains

That's why New York's my home

Keep your California

New York's my home, sweet home

(할리우드?)

할리우드에는 영화배우들이 있고

영화의 황제들과 칵테일 바가 있죠

반짝이는 자동차와

환상적인 기후도 유명하죠

하지만 거기엔 편리한 지하철도 없고

비가 오면 택시를 잡기도 어려워요

그래서 뉴욕이 나의 집이에요

여러분은 캘리포니아를 지켜요

뉴욕은 나의 집, 달콤한 집이에요

Less but Better

    몇 년 전 레코드 플레이어를 집에 들이기로 결심했을 때, 당연히 브라운사(社)의 것이어야 한다고 생각했습니다. 음악을 좋아하는 이에게 레코드 플레이어란 한번 들이면 일상에서 계속 마주쳐야 하는 가구와도 같은데 브라운의 제품들은 바로 그러한 쓰임을 고려하여 디자인되었기 때문입니다. '적지만 더 나은 디자인(Less but better)'이라는 디자인 철학으로 완성된 단정한 형태와 컬러. 브라운의 레코드 플레이어는 음악을 재생할 때만 기능하는 단순한 도구가 아니라, 음악을 재생하지 않는 동안에도 마치 하나의 디자인 오브제처럼 그 존재만으로도 가치가 있습니다.

    브라운이 전기면도기 제품만을 주로 선보이게 된 지도 제법 오래되었죠. 하지만 레코드 플레이어를 비롯해 과거에 그들이 세상에 선보였던 제품들을 향한 세간의 관심은 커지고 있습니다. 서울 곳곳에 브라운의 빈티지 제품을 수집해 전시하고 판매하는 숍이 생겨나고 있고, 소셜미디어에는 브라운의 레코드 플레이어나

브라운사의
레코드 플레이어

전자계산기를 사용하는 사람들의 사진이 더 많이 올라옵니다. 이제 더는 그 제품들을 생산하지 않는데도 브라운은 여전히 존재감이 크죠. 이러한 위상에는 브라운의 상징과도 같은 디자이너 디터 람스의 기여가 큽니다. 물론 그의 역량을 알아보고 전폭적으로 지원했던 브라운 형제의 역할도 중요했고 말이죠.

디터 람스는 1955년부터 1997년까지 브라운에서 일한 수석 디자이너입니다. 애플의 디자인을 총괄했던 조너선 아이브는 디터 람스를 "애플 디자인의 영감의 원천이자 나의 롤 모델"이라고 밝혀 왔고, 무인양품과 마루니의 디자이너인 후카사와 나오토는 브라운의 T3 라디오 제품을 가리켜 "이보다 완벽한 디자인은 없으며, 디자이너가 꿈꾸는 모든 것이 들어 있다"고 극찬했죠. 오늘날 우리가 애플과 무인양품 하면 떠올리는 특유의 성질이나 분위기, 그 연장선을 따라가다 보면 맨 앞에는 브라운과 브라운의 디터 람스가 있는 것입니다. 그가 브라운에서 디자인한 레코드 플레이어,

디자이너 디터 람스

라디오, 전자계산기, 헤어드라이어, 선풍기는 물론, 그가 가구 브랜드 비초에서 선보인 모듈러 선반, 의자, 테이블은 모두 제품의 수준을 넘어 작품으로까지 여겨지며 뉴욕 현대미술관(MoMA)을 비롯한 세계 곳곳의 미술관에 꾸준히 전시되고 있습니다.

1976년 스티브 잡스와 그의 친구 스티브 워즈니악이 샌프란시스코의 낡은 차고에서 자신들만의 컴퓨터를 만들 때 비틀스와 밥 딜런의 음악을 들었던 것처럼, 어떤 중요한 인연들은 종종 그 시대의 음악과 함께 회고되곤 합니다. 디터 람스와 브라운 형제에게 그 음악은 바로 재즈였습니다. 다큐멘터리 〈람스〉를 보면 디터 람스가 자신이 디자인한 브라운 오디오 플레이어 위에 피아니스트 오스카 피터슨의 《위 겟 리퀘스츠We Get Requests》 판을 올리고 가볍게 춤을 추면서 회상하는 장면을 볼 수 있습니다. "브라운의 초창기 시절, 프랑크푸르트는 재즈 씬의 중심지였어요. 우리는 파티를 좋아했죠. 저녁엔 재즈에 빠져서 시간을 보냈어요."

　브라운을 설립한 아버지 막스 브라운의 뒤를 이어 에르빈 브라운과 아르투르 브라운 형제가 경영을 승계했던 1951년은 독일에서 재즈의 바람이 본격적으로 불던 때였습니다. 특히 브라운 본사가 위치한 프랑크푸르트는 1952년 문을 연 클럽 '재즈켈러'를 필두로 독일의 재즈 문화를 앞장서서 일구어 나가는 도시이기도 했죠. 1945년에 막을 내린 나치 정권의 그림자가 채 가시지 않은 분위기 속에서 지역의 진보적인 문화예술인들은 재즈켈러에 모여 정보를 주고받기도 했다고 합니다.

　그즈음 디터 람스는 자신의 고향인 비스바덴에서 건축을 전공한 뒤 건축가로 커리어를 시작하고 있었습니다. 우연히 브라운이라는 회사에서 건축학 기반의 디자이너를 뽑고 있다는 소식을 알게 된 그가 동료와 함께 입사를 지원했다가 혼자 합격하게 된 해는 1955년, 독일의 재즈 문화가 더욱 무르익은 때였죠. 그렇게 만난 브라운 형제와 디터 람스는 산업 디자인에 대한 사명감뿐 아니라 재즈에 대한 취향을 공유하면서 빠르게 가까워졌습니다. 일하는 동안에는 사무실에서 재즈를 듣고, 일이 끝나면 재즈켈러로 가 공연을 즐기는 것이 그들의 일상이었죠.

브라운 형제와 디터 람스는 재즈를 음악으로만 즐기는 것을 넘어, 재즈에서 얻은 영감을 비즈니스에 적극적으로 접목한 혁신가들이었습니다. 디터 람스는 그리스의 디자인 전문 매거진 〈얏저〉와의 인터뷰에서 "브라운 형제가 재즈의 카오스적인 질서를 디자인 세계에 접목하기를 원했다"고 말하면서 "우리가 필요로 하는 것에 도전하고, 작업을 쉽게 만드는 방법에 전적으로 집중하기를 원했다"고 덧붙였습니다.

카오스적인 질서라니 얼핏 모순되게 들리겠지만, 재즈가 지닌 여러 요소 중 가장 중요하다고 할 수 있는 즉흥연주의 개념을 이해한다면 그 의미를 짐작할 수 있습니다.

재즈에서 즉흥연주란 말 그대로 계획하지 않고 떠오르는 대로 즉각적으로 연주하는 행위입니다. 다른 음악 장르에서도 즉흥연주와 유사한 요소를 일부 찾을 수 있지만, 그것들과는 상대가 되지 않을 정도로 재즈에서 즉흥연주가 갖는 의미는 매우 큽니다. 손님들이 모두 나간 깊은 새벽에 무작위로 모인 재즈 뮤지션들이 클럽 문을 걸어 잠그고 밤새 즉흥연주를 했던 1940년대의 애프터 아워즈 잼 세션 문화가 오늘날 다양한 재즈 클럽의 정식 공연 프로그램으로 정례화되어 활발하게 이어지고 있을 정도이고, 그게 아니더라도 거의 모든 재즈 공연에서 각 악기 주자들이 번갈아 솔로 즉흥연주를 선보이는 시간이 펼쳐지니 말입니다. 이렇듯 재즈는 기존에 없던 사운드를 새롭게 창조하는 역량을 무엇보다 중시하는 음악이고, 재즈 뮤지션이 되기로 한 이들은 기존의 것을 반복하는 관성으로부터 벗어나기 위해 치열하게 연습합니다. 그렇다 보니 재즈는 종종 청중들에게 낯설고 무질서한, 즉 카오스적인 모습으로 나타나죠.

하지만 아무리 즉흥연주라 해도 원칙 없이 이루어지는 것은 아닙니다. 재즈 뮤지션들은 특정 곡에 대한 음악적 정보, 이를테면 코드의 진행 순서나 각자 솔로 연주를 맡을 마디의 분량 등을 공유한 상태에서 즉흥연주를 하기 때문에 특정 곡에 대한 이해가 있다면 처음 만난 사이라도 얼마든지 협연이 가능합니다. 또 사람들이 사용하는 말투나 언어 습관이 다 다르듯 재즈 뮤지션들에게도 분별 가능한 고유의 뉘앙스가 존재하므로, 청중 역시 특정 곡이나 특정 뮤지션에 대한 이해도가 높으면 높을수록 어느 정도의 예측가능성 안에서 새로운 사운드 경험을 즐길 수 있게 됩니다. 바로 그것이 재즈의 카오스적 질서라고 할 수 있는 것이죠. 즉 브라운 형제가 말하는 재즈의 카오스적인 질서와 디자인 세계의 접목은 새로운 것에 도전하는 태도와, 일관된 약속이나 규칙 안에서 정돈하는 태도가 공존해야 한다는 메시지로 읽을 수 있습니다.

아마도 SK-4는 이들의 생각을 그대로 구현한 기념비적인 제품이 아닐까요. 브라운에 입사한 뒤 한스 구겔로트와 공동으로 이 제품의 디자인을 맡게 된 디터 람스는 이제까지와는 다른 두 가지를 시도했습니다. 첫 번째는 대부분의 스피커에 마감재로 사용되는 패브릭을 쓰지 않은 것입니다. 평소 패브릭 때문에 소리가 자연스럽게 들리지 않는다고 느꼈던 그는 소리의 출력부를 패브릭으로 마감하지 않고 제품의 바디를 감싸는 메탈 소재를 그대로 드러내기로 했습니다. 두 번째는 당시 축음기와 같은 제품에 주로 달려 있는 무거운 나무 뚜껑을 사용하지 않은 것입니다. 디터 람스는 그 당시 갓 사용되기 시작한 플렉시글래스 소재를 사용하고 싶어 했습니다. 엔지니어링 팀은 스피커의 소음을 플렉시글래스가 감당하지 못할 것이라는 이유로 반대했지만 브라운 형제는 디터 람스의 판단을 믿기로 했죠.

결과는 대성공이었습니다. 패브릭, 나무 뚜껑 등 소재를 덜어

냈지만(less) 더 나은(but better) 경험을 줄 것이라고 믿은 디터 람스와 브라운 형제의 시도로 완성된 SK-4는 라디오까지 겸하는 멀티 기능의 제품임에도 단일 기능의 제품보다 간결해 보인다는 평가를 받으며 브라운의 어떤 레코드 플레이어보다 사랑받고 있습니다. 근현대 제품 디자인의 역사 속 결정적인 순간으로 회자될 만큼 높이 평가받고 있죠.

기존과 전혀 다른 새로운 것이면서 동시에 쉽고 간결한 솔루션을 필요로 하는 과제들은 삶에서든 일에서든 언제든지 찾아옵니다. 그때 브라운 형제와 디터 람스가 디자인을 대했던 태도를 떠올리면 제법 도움을 얻을지도 모릅니다. 새로운 것에 대한 두려움 없는 도전 정신, 그리고 그렇게 얻은 것들을 날것 그대로 두지 않고 엄격한 원칙으로 정돈하는 태도. 이 두 가지를 공존시키겠다는 의지가 시간을 이겨내는 변화를 만드는 비밀이 아닐까요.

디터 람스와 브라운 형제가 전해 준 이 가르침이 문득 떠오를 때면, 디터 람스가 좋아했다고 밝힌 음반들 중에서 저도 좋아하는 음반인 오스카 피터슨의 《위 겟 리퀘스츠》를 올리고 감상합니다. 그러면 머릿속에 떠다니던 생각 중 잡다한 것들이 사라지고 중요한 것들만 남아 하나둘씩 제자리를 찾아갑니다. 거짓말처럼 말이죠.

SK 4 record player.
Dieter Rams and Hans Gugelot, 1956

4월

"Jazz is not just music,
it's a way of life, it's a way of being,
a way of thinking."

Nina Simone

"재즈는 단지 음악이 아니라
삶의 방식이자
존재하는 방식이자
사고방식이다."

니나 시몬

어긋난 인연도 아름답다

    사랑은 타이밍이라는 말을 심심치 않게 듣습니다. 저도 살면서 몇 번이나 대수롭지 않게 내뱉었던 것 같아요. 그만큼 모든 순간들이 톱니바퀴처럼 딱 맞아떨어진다는 게 그렇게 쉬운 일은 아니지요. 그랬다면 사랑에 빠진 연인들이 서로를 바라보며 "어떻게 이렇게 딱 제때에 나를 찾아왔을까!" 감격할 필요도 없을 겁니다. 세상 일이라는 게 다 그렇듯, 어긋남 없이 순조로운 사랑이라는 건 참 희귀하지요. 말하자면 기적과도 같은 일입니다.

    영화 〈비포 선라이즈〉는 낯선 공간에서 낯선 사람을 만났을 때 일어날 수 있는 모든 우연 중에서도 가장 낭만적인 '타이밍'의 순간으로부터 이야기를 시작합니다. 미국 남자 제시(에단 호크 분)와 프랑스 여자 셀린느(줄리 델피 분)가 비엔나로 향하는 기차에서 우연히 대화를 나누게 되는 순간이죠. 순식간에 서로에게 이끌린 그들은 별다른 계획도 없이 비엔나 역에서 함께 내립니다. 만약 둘 중 한 명에게라도 취소할 수 없는 다음 일정이 있었다면 모든 건 어긋나고 말았겠죠. 모든 행운의 신들이 돕고 있는 듯한, 그야말로 기적 같은 여행이 이어집니다.

하지만 기적의 체험이 너무나 강렬했던 탓일요. 두 사람의 행복한 표정 속에 조금씩 어두운 기색이 비치기 시작합니다. 낯선 공간을 여행하는 중에 믿을 수 없이 완벽한 사랑을 만나 한껏 부풀어오른 이 감정이 평범한 일상으로 돌아가고 나면 다 사라져 버릴까 봐 두려운 겁니다. 결국 그들은 이상적인 형태의 사랑을 가능한 한 오래 간직할 수 있는 해결책을 떠올립니다. 주소나 전화번호를 교환하지 않은 채 헤어질 것. 그리고 6개월 뒤 다시 비엔나역에서 만날 것. 이 약속을 끝으로 영화는 막을 내립니다.

그들이 비엔나 역에서 다시 만났을까요? 관객들의 궁금증은 시간이 지날수록 강렬해졌습니다. 리처드 링클레이터 감독과 주연배우들의 남다른 팀워크까지 화제가 되면서 이들이 한 번 더 호흡을 맞추길 바라는 팬들의 열망은 커져 갔죠. 무려 9년 동안이나 말입니다. 그 덕분에 1995년에 끝난 제시와 셀린느의 이야기는 2004년 다시 시작되었습니다. 〈비포 선셋〉이라는 이름으로요.

긴 시간 동안 그들은 달라져 있었습니다. 제시는 최근 발표한 소설로 베스트셀러 작가가 되어 파리의 작은 서점에서 기자들과 간담회를 갖고 있네요. 그의 소설은 한 미국 청년이 프랑스 여인과 하루 동안 나눈 사랑에 관한 이야기입니다. 자전적인 소설이냐고 묻는 기자의 질문에 제시는 부인하지 않습니다. 그런 제시 앞에 서점 구석에서 이야기를 듣고 있는 셀린느가 나타납니다. 평소 자주 들렀던 이 서점에 제시가 방문한다는 포스터를 보고 찾아온 것이었죠. 간담회가 끝나자마자 제시는 비행기를 타기 전까지 남은 시간을 확인합니다. "늦어도 7시 반에는 떠나야 해요." 어쩌죠. 시간이 별로 없습니다. 9년 만에 간신히 만난 그들은 또 시한부 신

세입니다.

해가 뜨기 전까지 낭만적인 대화를 나누는 것은 20대 청춘 남녀에게나 가능한 일이었을까요. 해가 지기 전까지 30대 중반의 남녀가 나누는 대화는 매우 현실적입니다. 제시는 대학교 때 만나 혼전임신으로 결혼한 초등학교 교사 아내와의 관계에서 고독감을 느끼고 있고, 환경운동가가 된 셀린느는 전쟁기자인 남자친구와 연애 중이지만 오랜 시간 단기적이고 불안정한 연애를 반복한 탓에 은연중에 불안감을 내비칩니다. 제시는 9년 전 약속된 날에 비엔나 역에 갔다는데, 셀린느는 그날 할머니의 장례식이 있어 가지 못했다고 하네요. 불가피한 상황이 있었다는 설명을 들었는데도 어쩐지 제시는 엇갈려 버린 자신들의 운명이 자꾸만 원망스러운 모양입니다. "대체 비엔나에 왜 안 온 거야?" "이유 말했잖아." "알아, 하지만 왔으면 좋았잖아. 그럼 모든 게 달라졌을 텐데…."

제시의 미국행 비행기가 뜨기까지 한 시간밖에 남지 않은 상황. 제시는 행사 주최측에서 지원해 준 운전기사에게 부탁해 셀린느를 바래다 주는데 그냥 돌아가자니 발길이 쉬이 떨어지지 않습니다. 결국 변변찮은 핑계를 만들어 집에 들어간 제시는 두리번거리다 오디오와 음반들을 발견하죠. 그가 고른 음반은 니나 시몬의 《더 토마토 컬렉션The Tomato Collection》입니다. 니나 시몬은 이 영화가 촬영되기 직전인 2003년에 세상을 떠났지요. 그래서 제시와 셀린느의 대화에서도 애도의 뜻이 전해집니다. "니나 시몬 콘서트 가 봤어?" "아니, 죽어서 참 안됐어." "맞아, 너무 슬퍼."

제시는 음반을 오디오에 넣고 음악을 재생합니다. 스피커에서는 「저스트 인 타임Just In Time」이 흘러나옵니다. 이 음악은 때맞춰 찾아온 사랑, 그 타이밍의 놀라움을 예찬하는 연가입니다. 줄 스타인이 작곡하고 베티 콤든과 아돌프 그린이 작사한 브로드웨이 뮤지컬 〈벨스 아 링잉〉의 넘버로, 이후 토니 베넷, 프랭크 시나트라 등 당대 최고 가수들에게 불리며 세상에 널리 알려진 재즈 스탠더드 곡이 되었죠.

　때맞춰 찾아온 사랑의 아름다움을 노래하는 니나 시몬의 짙은 음색이 9년 전 이별 후 타이밍을 놓친 두 사람의 귓가를 약올리듯 간지럽힙니다. 노래의 메시지와 정반대에 놓인 자신들의 상황을 정말 모르는 건지 모르는 척하는 건지, 셀린느는 아무렇지도 않게 노래를 따라 흥얼거리며 말을 이어 가죠. "나는 콘서트 두 번가 봤어. 너무 멋지더라. 이거 내가 좋아하는 곡이야." 셀린느는 니나 시몬이 콘서트 관객들에게 건네는 말투를 흉내내며 제시에게 말합니다. "자기, 이러다가 비행기 놓치겠어." 〈비포 선라이즈〉가 '6개월 뒤 그들은 비엔나에서 재회했을까'라는 문제를 남겼다면 〈비포 선셋〉은 '제시가 비행기를 놓쳤을까'라는 새로운 문제를 남긴 채 막을 내립니다.

Just in time, I found you just in time

Before you came my time was running low

I was lost, the losing dice were tossed

My bridges all were crossed, nowhere to go

때맞춰 난 당신을 찾았어요 때맞춰

당신이 오기 전 내 시간은 얼마 남지 않았었죠

길을 잃었었죠 지는 주사위가 던져졌죠

건너야 할 다리는 모두 건넜고 어디도 갈 데가 없었죠

Now you're here, now I know just where I'm going

No more doubt or fears I've found my way

For love came just in time, you found me just in time

And changed my lonely life that lucky day

이젠 당신이 있어요 이제 난 어디로 가야 할지 알죠

더 이상 의심과 두려움 없이 나의 길을 찾은 거죠

사랑이 제시간에 찾아왔기 때문에, 당신이 때맞춰 날 찾아 줬기 때문에

행운이 찾아온 그날 나의 외로운 날들이 변했기 때문에

〈비포 선셋〉의 마지막 장면을 더 잘 이해하기 위해서는 다시 영화의 첫 번째 장면, 서점에서 진행된 기자간담회로 돌아갈 필요가 있습니다. 그곳에서 한 기자가 제시에게 "다음 작품은 뭐죠?"라고 묻자 제시는 이렇게 대답하죠.

"한 남자가 있어요. 원래 그의 꿈은 사랑과 모험을 찾아 남미를 유랑하는 것이었지만 지금의 현실은 딴판이죠. 좋은 직장, 멋진 아내, 모든 걸 가졌지만 그에겐 무의미할 뿐입니다. 행복은 소유가 아닌 행동 속에 있죠. 어느 날 그가 식사를 하는데 그의 어린 딸이 식탁에 올라갑니다. 여름 원피스를 입은 딸은 팝송에 맞춰 춤을 추기 시작하죠. 그 순간 그는 16세 소년이 됩니다. 여자친구가 그를 집까지 태워 준 날 둘은 서로에게 순결을 주죠. 차에는 같은 팝송이 흐르고 있습니다. 여자친구는 차 지붕 위에 올라가 춤을 춥니다. 딸과 똑같은 그 환한 표정이 너무나 사랑스럽죠. 이때 그는 두 곳에 동시에 존재합니다. 그의 모든 삶이 오버랩되면서 영원히 계속될 것 같은 시간의 성질은 사라지죠. 삶의 모든 순간엔 다른 순간들이 겹쳐 있다는 겁니다."

제시는 니나 시몬의 음악에 맞춰 춤을 추는 셸린느를 보면서 어떤 기억을 떠올렸을까요. 그는 지금 셸린느의 집 소파에 앉아 있지만, 어쩌면 9년 전 비엔나 골목에서 바흐를 연주하는 하프시코드에 맞춰 춤추던 젊은 셸린느 앞에 서 있을지도 모릅니다. 즉 지금 그에게 의미 있는 것은 시간의 선형적인 연속성이 아니라 동시적인 순간성입니다.

당신은 그가 비행기를 놓쳤을 거라고 생각하나요, 탔을 거라고 생각하나요? 그 정답을 확인하고 싶다면 2004년으로부터 또

한 번 9년의 시간이 흐른 뒤 2013년에 개봉한 〈비포 미드나잇〉을 보면 됩니다. 그 작품에는 문제에 대한 정답과 함께 계속 이어지고 있는 제시와 셀린느의 이야기가 담겨 있으니까요.

Interviewee. 이재민

2006년에 설립한 그래픽 디자인 스튜디오 fnt를 기반으로 동료들과 여러 분야의 프로젝트를 진행한다. 서울레코드페어의 개최 이래 매년 행사의 아트디렉터를 전담해 왔다. 국립현대미술관, 서울시립미술관, 국립극장 등과 문화 행사나 공연을 위한 작업도 다수 진행했다. 재즈 뮤지션 스탠 게츠 평전 표지, 비트볼뮤직그룹과 오름엔터테인먼트 등에서 발매하는 음반의 커버 아트워크 등 재즈와 음악에 대한 일에도 꾸준히 애정을 기울인다. 2016년에는 평소 즐겨 듣는 재즈 음반에 관한 짧은 에세이를 묶은 『청소하면서 듣는 음악』을 펴냈다.

반복과 변주 위에 자신의 색을 입히는 법

서울레코드페어에 가면 음반 구경보다 먼저 하는 것이 있습니다. 행사의 얼굴과도 같은 포스터를 감상하는 일이에요. 온라인에 공개되었으니 이미 본 것이긴 해도 건물 벽면을 다 차지할 만큼 크게 인쇄된 것을 보는 느낌은 다르니까요. 특히 서울레코드페어의 포스터에 한 해도 빠지지 않고 등장하는 바이닐 레코드 오브제를 좋아합니다. 마이너한 취향쯤으로 여겨졌던 물리 매체로서의 음반이 이날만큼은 주인공이 되어 당당하게 자리를 차지한 모습을 보는 것이, 음악을 사랑하는 입장에서 묘한 쾌감이 느껴져서인 것 같아요.

이 포스터 작업은 스튜디오 fnt의 이재민 디자이너 작품입니다. 그의 이름을 언제 처음 알게 되었는지는 정확히 기억나지 않지만, 마음에 드는 디자인을 보고 누구의 작업인지 확인할 때마다 그의 이름을 반복적으로 마주하면서 저절로 존경심을 갖게 됐죠. '와, 또 이분이네!' 하고 말입니다. 물론 그가 열렬한 재즈 애호가라는 것도 반가운 일이었고요.

본인의 소셜 미디어 계정 이름을 재즈 스탠더드 곡 「라운드 미드나잇'Round Midnight」에서 따올 만큼 그의 재즈 사랑은 남다릅니다. 저는 궁금했어요. 재즈와 음악을 사랑하는 마음을 디자인에 녹여 내는 이재민 디자이너만의 이야기가 말이죠. 그래서 직접 그를 만났습니다.

안녕하세요. 재즈를 영감의 원천으로 삼고 있는 디자이너님의 작업을 보면서 궁금한 것들이 많았는데 이렇게 만나뵐 수 있어 정말 반갑습니다.
저도 반갑습니다.

디자인을 할 때 음악, 특히 재즈를 들으신다고요.
네. 음악은 고대로부터 인간의 노동과 함께해 왔잖아요. 간단한 추임새 형태이기도 했고, 완전한 음악의 형태를 띠기도 했고요. 그런 걸 보면 본래 인간이라는 게 생산적인 무언가를 할 때 음악을 필요로 하는 동물인 것 같아요. 음악으로 노동의 고단함을 달래거나 극복하기도 하고, 일의 효율을 높이기도 한 거죠. 오늘날을 살아가는 저 또한 일을 할 때 거의 항상 음악을 틀어 둬요.

음반에 관한 감상글을 모아 발간하신 책 『청소하면서 듣는 음악』 제목에서도 그런 관점이 엿보여요.

맞아요. '청소'는 일종의 비유이자 상징이에요. 꼭 청소를 할 때라기보다는, 뭔가 다양한 것들을 하고 있을 때를 비유적으로 표현한 거죠. 어쨌든 제가 무언가를 할 때는 재즈를 가장 높은 비율로 재생하게 되더라고요. 책에도 써 두었는데, 그 비중이 50% 이상이에요. 왜 재즈를 그렇게 많이 듣게 되는가 하고 생각해 보니, 재즈가 여러 면에서 노동과 함께하기에 좋은 점이 많은 것 같아요. 홍이 나고 가사에 빠져들 일도 없고.

재즈에도 여러 갈래가 있잖아요. 특히 어떤 곡들을 즐겨 들으세요?

컨템포러리 재즈보다는 1950~60년대의 모던 재즈를 즐겨 들어
요. 이런 음악들이 지닌 '콜 앤 리스폰스' 같은 특징들은 집중할 때
큰 도움이 돼요. 특히 테마 멜로디를 연주한 후 그것을 각 파트별
로 즉흥적인 감각을 더해 변주하며 그 안에서 연주자 각자의 개
성과 자유를 한껏 녹여 내는, 그런 재즈의 특징이 매력적이에요.

재즈의 어떤 성질이 디자인 작업에 영감이 되나요?

디자인뿐 아니라 모든 종류의 창작 활동이 재즈의 성질과 맞닿아
있다고 생각해요. 재즈에는 테마와 주선율이 있고, 그 위에 솔로
연주자들이 반복과 변주를 통해 자기 색깔을 입히잖아요. 디자인
역시 바탕이 되는 원리와 중심이 되는 시각적인 단서 위에 반복과

변주를 통해 결과물을 만들어 내는 작업이에요. 그것 외에도 즉흥, 감각, 개성, 자유 모두 좋은 단어들이에요.

실제로 디자이너님의 작업물을 보면서 즉흥적인 아이디어를 소중히 하신다는 걸 느껴 왔어요.

그런 편이에요. 억지로 쥐어짜거나 논리적으로 구축하듯이 만드는 것보다는 제 주변에 산재해 있는 많은 것들 속에서 발견해 내는 방식의, 즉흥성과 속도감을 좋아해요.

재즈로부터 이미지에 대한 영감을 얻고 있다는 것을 깨닫게 된 순간이 있었나요?

'자, 오늘부터!' 그런 식은 아니었어요. 음악은 제가 디자인을 하기 훨씬 전부터 들어 왔고, 지금 하는 일들은 모두 어릴 때부터 접한 것들에서 영향을 받아 이루어진다고 생각해요. 제가 예고를 나왔거든요. 예고의 데생 선생님이 재즈를 좋아하는 분이었어요. 제가 재즈에 입문하는 계기가 되어 주신 분이라고 할 수 있죠. 그 전까지만 해도 저는 '메탈 키드'였는데. (웃음)

그러셨군요. (웃음)
네, 완전히 때려 부수는 스타일의 메탈을 좋아했는데, 그분의 영향으로 점점 재즈의 멋에 빠져들었죠. 헤비 메탈 뮤지션들의 행색을 보다가 브룩스 브라더스 같은 재즈 밴드가 담배 피우고 폼 잡는 모습을 보니 멋있었던 것 같아요. 그러면서 재즈 음반들을 찾아 보게 되고, 캐논볼 애덜리의 《썸딩 엘스Something Else》처럼 유명한 음반 아트워크들을 눈에 익혔죠. 시각디자인을 공부했던 대학생 땐 블루노트 레이블 공동 창업자이면서 음반 사진을 촬영했던 사진작가 프랜시스 울프와 디자이너 리드 마일스의 작업 레이아웃들을 눈여겨봤고요. 그리고 또 시각디자인과에 ECM 음반

아트워크를 좋아하던 선생님이 계셨어요. 너무 실무적인 이야기이기는 한데, 추상적인 사진 바탕에 깔고, 그 위에 흰색으로 유니버스나 헬베티카 같은 산세리프 폰트 조그맣게 쓰고….

그런 스타일 멋있죠.
네, 그렇게 블루노트나 ECM처럼 레이아웃의 기본이나 정서를 갖고 있는 레이블들의 이미지를 계속 보면서 디자인은 물론 재즈와도 가까워질 수 있었던 거죠. 그런데 이게 일반적인 디자이너들과는 순서가 반대일지는 모르겠는데, 저는 처음에 ECM 풍이나 그런 것들이 좋다가 한참 뒤에… 그러니까 학교를 떠나고 일을 한 지도 꽤 되고 나서는 그림 같은 게 좋아지더라고요. 클레프 레코드에서 일러스트레이터로 오래 활동했던 데이비드 스톤 마틴의 작업들을 정말 좋아해요. 이런 식으로 제가 보고 자란 음악과 재즈에 관한 이미지들이 필요한 순간 꺼내어 쓸 수 있도록 제 안에 차

곡차곡 쌓여 온 것 같아요.

말씀을 들으니 디자이너님의 개인 작업에서 음악에 대한 관심이 뚜렷하게 드러나는 이유를 더 잘 알겠어요. 물론 운영하고 계신 fnt 스튜디오 작업에서도 음악에 대한 영향이 안 보이는 건 아니에요. 예를 들어 2013년에 진행하신 JTBC 브랜드 리뉴얼 프로젝트 같은 것을 보면 음악적인 리듬감이 느껴지더라고요.

음악에 관한 이미지들로부터 인풋을 받다 보니, 제가 아웃풋으로 무언가를 내어 놓을 때도 자연스럽게 흔적이 드러나는 것 같고요. 인풋과 아웃풋의 경계를 지을 수 없는 순환 구조라고 해야 할까요. 물론 개인 작업과 스튜디오 fnt 작업은 다르게 접근하려고 하는 편이지만, 음악적인 느낌이 디자인에 많이 반영되고 있다고 생각해요. 말씀하신 JTBC 작업도 그렇고, 그밖에도 구체적으로 재즈로부터 영감을 얻어 진행했던 작업들이 있어요. '국립극장 레퍼토리 시즌 2017-2018' 포스터는 베니 굿맨의 빅밴드 오케스트라처럼 왁자지껄한 느낌을 염두에 두었던 작업이에요. 축제 때 뿌리는 콘페티 요소들을 활용해서 그 느낌을 더 살리고자 했죠.

(이재민 디자이너의 태블릿 속 이미지를 보며) **정말 빅밴드 느낌이 확 나네요.** 그리고 서울시립북서울미술관에서 열렸던 '아시아 디바: 진심을 그대에게' 전시 포스터 디자인은 테마 자체가 음악이 포함된 전시였으니 더욱 음악적으로 표현했죠. 그 전시가 음악에 대한 전시라기보다는 냉전 시대에 군부가 어떻게 팝이나 디바를 활용해서 대중을 휘어잡았는가 하는 담론 안에 있는 전시였거든요. 그렇다 보니 그 시대적 역동성 같은 것들까지 표현해야 했어요.

그리고 'FELT'라는 커피 브랜드의 BI 작업도 모던 재즈나 컨템포러리 재즈의 느낌을 떠올리면서 진행했어요. 브랜드의 이름이 가진 직선적인 형태나 느낌이 그런 음악의 분위기와 잘 어울릴 것 같았어요. 추상적인 요소들을 사용한 디자인이라 설명하면 구차해지지만, 가로와 세로로 교차하는 선들의 각도나 분포, 텍스처 등에 그러한 느낌을 담으려 한 것 같아요.

정말 곳곳에 음악적인 영감들이 다 녹아 있네요. 이 맥락에서 '서울 레코드페어' 포스터 이야기를 안 할 수 없을 것 같네요. 서울레코드 페어의 시작을 함께하며 행사 포스터 등을 직접 디자인하고 계시죠. 서울레코드페어는 제게는 정말 중요한 것이, 저랑 같이 나이를 들어 온 행사예요. 국내 최초의 바이닐 레코드 행사로 2011년에 1회를 개최해서 2020년에 10회를 맞이하니까요. (저자 주. 팬데믹으로 인해 2년간이나 연기되어 2022년 1월 개최되었다.)

바이닐 디스크의 형태를 활용한 디자인이 정말 인상적이에요. 그 속에 담긴 의도가 궁금해요.

제10회 서울레코드페어
10TH SEOUL RECORD FAIR
2022. 1. 22. SAT
www.recordfair.kr

라이즈, 오토그래프 컬렉션 지하 1층
서울시 마포구 양화로 130
B1, RYSE, Autograph Collection
130 Yonghwa-ro, Mapo-gu, Seoul

무신사 테라스, 라운지
서울시 마포구 양화로 188
AKA 17층
Lounge, mxxkmxx terrace
17F, AKA, 188 Yonghwa-ro,
Mapo-gu, Seoul

주최·주관: 서울레코드페어 조직위원회, (사)여음문화예술진흥소
후원: 서울문화재단

'레코드' 하면 나이 지긋한 분들이 즐기는 골동품 비슷한 것으로 여겨져 왔잖아요. 오늘날엔 김밥레코즈 같은 매장들의 노력으로 젊은 세대에게도 바이닐이 꽤 익숙하지만 1회 때만 해도 그렇지 않았거든요. 바이닐에서 CD로 갈아탄 후 곧 디지털 감상이 일반화되었는데, 최근에 음악을 듣기 시작한 분들은 바이닐 디스크를 접할 기회가 적었을 것 같고요. 하지만 서울레코드페어의 취지는 옛날 얘기를 하면서 추억을 회고하고자 하는 게 아니고, 오히려 음악의 미래에 대해 이야기를 나누고자 하는 것이기 때문에 그런 점을 고려해서 디자인하고 있어요.

그렇게 디자인을 통해 커뮤니케이션하시고자 했던 노력이 통한 것 같아요. 서울레코드페어에 초기에 오시던 방문객 층과 최근에 오시는 방문객 층이 달라지지 않았나요?
많이 달라졌어요. 간단히 말해서 층이 얇고 넓어졌어요. 예전에는

소위 '빠·꼼이'라고 불릴 만한 음반 마니아들이 딥한 음반들을 박
스째 실어 갔다면, 요즘에는 그렇게 딥한 음반들은 오히려 잘 안
팔리고 이슈가 되었거나 대중적으로 인기 있는 음반들이 잘 팔리
죠. 영화 〈보헤미안 랩소디〉가 개봉했던 시기에는 퀸 음반을 수십
명이 찾았으니까요. 이런 분위기를 다른 분들이 어떻게 볼지는 모
르겠는데, 저는 장기적으로 보면 오히려 좋다고 생각해요. 좀 더
많은 사람들과 접점을 가질 수 있는 행사가 되어 가고 있다고 해
석할 수도 있으니까요.

동의합니다.
그래서 디자인을 할 때에도 올드함과 새로움이 공존하도록 주의
를 기울이고 있어요. 바이닐 디스크처럼 오래된 모티프나 그래픽
디자인 문법을 가져오되, 컨템포러리한 맥락 안에 놓일 수 있도록
고민하고 있죠. '옛것'이 아니라 '옛것에 대한 오마주'인 것이 분명

하다는 느낌을 내는 것이 중요해요. 그런 디자인적인 노력들이 포스터뿐 아니라 다른 시각물로도 행사를 뒷받침해 주면 좋을 텐데, 여건상 주어진 조건 안에서 최선을 다해 챙기고 있죠.

서울레코드페어 작업을 비롯해서, 디자이너님의 작업을 보면 음악을 사랑하는 것뿐 아니라 음악을 둘러싸고 있는 문화 자체를 좋아하신다는 게 느껴져요. 특히 음반과 음악 서적의 아트워크 작업을 하실 때 음악 문화에 대한 이해를 바탕으로 하지 않으면 할 수 없는 디자인들을 선보여 오셨잖아요.

아무래도 음악 관련 콘텐츠에 대해 디자인할 기회를 갖게 되면 제가 좋아하는 디자이너나 일러스트레이터의 작품에 경의를 표하는 오마주 작업을 하게 되는 것 같아요. 대표적으로 맹원식 선생님의 오래된 녹음을 재발매한 《맹원식과 그의 째즈 오케스트라 – 성불사의 밤》 아트워크는 블루노트나 리버사이드 레이블의 아트워크와 비슷한 분위기를 내 보려 한 것이죠. 그 레이블들은 듀오톤으로 처리된 사진과 타이포그래피로 구성된 음반을 많이 제작했잖아요. 저는 거기에 당시 한국의 시대적 뉘앙스를 머금은 레터링을 그려 넣어서 밴드의 정체성을 살려 봤어요.

재즈뿐만 아니라 록도 좋아하니까 록 관련 작업도 많이 했죠. 핑크 플로이드 평전 『Wish You Were Here: 핑크 플로이드의 빛과 그림자』 디자인을 진행할 땐 영국의 디자인 그룹 힙노시스가 디자인한 《더 다크 사이드 오브 더 문The Dark Side Of The Moon》 음반의 프리즘 이미지를 책의 장정 안에 옮겨 놓겠다는 아이디어를 적용했고, 『Across The Universe: 비틀스 전곡 해설집』을 디자인할 때에는 비틀스의 《러버 소울Rubber Soul》 음반 타이틀 레터링에 대한 오마주를 선보였어요.

안나푸르나에서 발간된 스탠 게츠의 평전 『Nobody Else But Me』

의 표지 작업도 궁금해요.

그 작업은 스탠 게츠의 초기 음반 《스탠 게츠 플레이스Stan Getz Plays》 바이닐의 10인치 버전 아트워크에 대한 오마주로 디자인했어요. 아까도 말했지만 제가 무척 좋아하는 데이비드 스톤 마틴의 일러스트레이션이죠. 음반이랑 책을 갖고 있는데 한번 보여 드릴게요.

음반 재킷도 책 표지도 정말 예쁘네요. 또 사야 할 음반과 책이 늘었어요. (웃음)

이거 희귀한 판이라 구하기 어려울 거예요. 디스콕스 뒤져 보면 나올지도 모를 텐데 가격은 좀 나갈 거예요. 일반적인 사이즈보다 작은 10인치 판으로 나왔고, 1953년 버전이에요. 스탠 게츠 음반 표지들이 예쁜 게 별로 없는데 이건 상징적일 정도로 멋지죠.

책 표지 이야기가 나왔으니 말인데, 시집도 두 권 디자인하셨잖아요. 김소월 시집 『진달래꽃』과 윤동주 시집 『하늘과 바람과 별과 시』요. 그 두 권도 디자인이 예뻐서 구매하게 되었어요.

감사합니다. 그것까지 갖고 계시는군요.

그럼요. 팬인 걸요. 앞으로 재즈와 디자인의 관계에 대해 앞으로 어떤 이미지를 보여 주실지 기대돼요.

펴낸 책 『청소하면서 듣는 음악』의 반응이 나쁘지 않다면, 관련된 에세이나 음반의 아트워크를 다룬 글도 써 보고 싶은 마음이 있어요. 그 밖에 재즈나 음악과 관련된 좋은 공연이나 서적이 있다면 계속 작업을 맡을 예정이고요. 니클라우스 트록슬러처럼 '재즈나 음악과 관련한 작업을 많이 한 사람'으로 남는 것도 나쁘지 않겠습니다.

5월

"An average band with a great drummer
sounds great.
A great band with an average drummer
sounds average."

Buddy Rich

"드러머가 훌륭한
평범한 밴드는
훌륭한 소리를 낸다.
드러머가 평범한
훌륭한 밴드는
평범한 소리를 낸다."

버디 리치

여기서 안주할지 더 몰아붙일지

첫 번째 질문입니다. 어떤 삶을 살고 싶은가요? 풍족하게 아흔 살까지 살았지만 아무도 기억해 주지 않는 삶? 아니면 재즈 색소 포니스트 찰리 파커처럼 술과 마약에 찌들어 요절하더라도 전 세계인 모두가 기억해 주는 삶? 두 번째 질문입니다. 어떤 사람의 가르침을 따르겠습니까? 당신이 최고의 위치에 오를 수 없을 거라며 한계를 긋지만 진심으로 행복하게 살기를 바라는 이의 가르침? 아니면 당신이 얼마든지 최고의 위치에 오를 수 있다고 믿지만 그 대신 지독한 욕설과 폭력을 서슴지 않는 이의 가르침?

영화 〈위플래쉬〉가 우리에게 던진 질문들입니다.

가상의 일류 음악대학, 셰이퍼음악학교를 무대로 한 이 영화는 폭압적인 교수법으로 악명 높은 플레처 교수(J. K. 시몬스 분)와 일류 드러머가 되겠다는 야심으로 가득한 신입생 앤드루(마일즈 텔러 분)의 갈등을 통해 어떤 삶이 더 가치 있는지, 어떤 가르침이 더 효과적인지를 생각하게 합니다. 영화가 이렇다 할 답을 선명하게 보여 주지는 않습니다. 강렬한 엔딩 장면을 보고 나면 영화가 플레처의 괴팍한 교육 철학을 지지하는 것처럼 이해될 여지도 있죠. 하지만 음악을 전공했던 데미언 셔젤 감독이 여러 인터뷰에서 플레처식 교수법을 비판적으로 이야기하기도 했고, 영화도 106분의 러닝타임 동안 각 선택지에 따른 대가와 열매 모두를 보여 주고 있으니 판단은 관객의 몫입니다.

스승에게 주어지는 도구가 당근과 채찍 두 가지뿐이라면, 플레처 교수는 양손 모두 채찍만 든 폭군과도 같습니다. 신입생 앤드루는 전설적인 드러머 버디 리치를 존경하며 세계 최고의 드러머가 되겠다는 야심을 품은 지독한 연습벌레고요. 그는 손에 핏방울이 맺힐 때까지 연습에 몰두하던 중 플레처 교수의 눈에 띈 후, 그 무시무시한 독설과 폭력을 견디며 그의 주요 레퍼토리를 집요하게 연습합니다. 그리고 결국 밴드에서 메인 드러머 자리를 거머

쥐는 데 성공하지요.

하지만 학교 밖에선 앤드루를 알아주는 사람이 없습니다. 삼촌은 "음악으로 벌어먹고 살기 힘들다"는 무례한 말을 아무렇지도 않게 던지고, 사촌형제들은 "음악은 주관적인 건데 어떻게 우열을 가리냐"며 일류 음악학교 셰이퍼의 권위를 얕잡아 보죠. 앤드루도 지지 않고 3부 리그에서 미식축구 선수로 뛰고 있는 사촌형제들에게 평생 내셔널 풋볼 리그에 들어갈 수 없을 거라고 말하며 복수해 보지만, 돌아오는 건 "그러는 넌 링컨 센터에 오를 수 있겠냐"는 아버지의 비아냥뿐입니다.

자신의 실력과 가치를 몰라주는 가족들과 달리 자신을 비범한 연주자로 성장시켜 줄 것으로 보이는 플레처 교수에 대한 믿음이 점점 커질 무렵, 앤드루는 플레처 밴드의 일원으로 중요한 콩쿠르 무대에 오르게 됩니다. 야망이 너무 크면 일을 그르치는 법일까요. 앤드루는 콩쿠르 당일 예기치 못한 교통사고를 당하고, 주

JAZZ
「Whiplash」
작곡: 행크 레비

변의 만류에도 고집을 부려 피투성이가 된 몰골로 무대에 올랐다
가 공연을 망쳐 버리고 맙니다. 자비라곤 없는 플레처 교수가 곧
장 앤드루를 밴드에서 퇴출시키자 앤드루는 플레처 교수에게 욕
을 내뱉으며 달려들고, 결국 앤드루는 셰이퍼음악학교에서 제적
당하는 최악의 위기를 맞게 되죠. 세계 최고의 드러머가 되겠다는
꿈을 향해 앞만 보고 달려왔지만 졸지에 모든 것을 잃고 만 앤드
루. 그의 삶은 어느 방향으로 흘러가게 될까요.

영화에서 플레처 교수의 주요 레퍼토리로 등장하는 음악은
두 곡입니다. 「위플래쉬Whiplash」 그리고 「카라반Caravan」. 이 두
곡은 영화의 마지막 순간까지 끝날 듯 끝나지 않는 스승 플레처
교수와 제자 앤드루의 갈등 속에서 반복적으로 등장합니다.

영화의 제목이기도 한 재즈 곡 「위플래쉬」는 미국의 색소폰 연
주자이자 작곡가인 행크 레비가 작곡했고, 그의 오랜 음악 동료이
자 트럼펫 연주자인 돈 엘리스의 1973년 음반 《소어링Soaring》을

116

통해 처음 세상에 공개됐습니다. 이 곡의 제목이 지닌 사전적 뜻은 '채찍질'이죠. 리듬보다는 멜로디를 중시하는 여느 색소포니스트들과 달리 행크 레비는 평소 특이한 박자를 사용하는 데 관심이 깊었습니다. 그가 이 곡에서 표현한 '더블 타임 스윙', 즉 기존의 템포를 둘로 쪼개 더블 템포로 연주하는 리듬이 마치 호된 채찍질 같아 붙여진 이름이죠.

영화 〈위플래쉬〉는 채찍질을 청각화한 이 곡의 더블 타임 스윙 주법을 강조함으로써 플레처 교수의 캐릭터를 효과적으로 보여 줍니다. 플레처 교수가 수업 중 학생들에게 욕설을 하고, 합주 중에 누군가 작은 실수만 해도 집요하게 찾아내 공개적으로 망신을 주고, 무대에 오를 연주자 자리를 두고 선후배 경쟁을 시키며 각각을 다그치고 몰아세우는 장면 앞뒤로 관객들은 계속 「위플래쉬」를 듣게 됩니다.

JAZZ
「Caravan」
작곡: 듀크 엘링턴, 후앙 티졸

「위플래쉬」가 플레처 교수의 성격과 교육 철학을 웅변하는 곡이라면, 「카라반」은 앤드루라는 캐릭터의 욕망을 보여 주는 곡입니다. 앤드루는 연습실 벽에 버디 리치의 음반 《블루스 카라반 Blues Caravan》 재킷 사진을 붙여 두고 혹독하게 연습하죠. 영화는 버디 리치가 특별히 아꼈던 「카라반」이 수록된 이 음반 재킷의 이미지를 활용해 앤드루의 욕망을 보여 줍니다.

셰이퍼음악학교에서 앤드루가 제적당하며 둘의 갈등이 어느정도 마무리되었다고 느껴질 무렵, 앤드루에게 어느 날 변호사가 찾아오면서 스토리는 다시 시작됩니다. 그 변호사는 플레처 교수의 가혹 행위로 인해 우울증을 앓다가 세상을 등진 셰이퍼음악학교 출신 뮤지션의 자살 사건을 해결하기 위해 유사한 피해를 당한 학생의 증언을 구하는 중입니다. 앤드루는 고민 끝에 증언에 나서고, 플레처 교수는 끝내 학교에서 해임당하죠.

학교에서 쫓겨난 두 사람은 몇 개월 후 우연히 뉴욕의 작은 재즈 클럽에서 재회합니다. 거리를 걷던 앤드루가 공연 스케줄 보드에 적힌 플레처의 이름을 발견하고서 몰래 구경이나 할 심산으로 클럽에 들어갔다가 그의 눈에 띄고 만 것이죠. 앤드루는 쭈뼛거리는데 플레처는 아무렇지 않다는 표정으로 그에게 다가와 자신의 교육 방식에 담긴 생각을 허심탄회하게 터놓습니다.

그는 찰리 파커가 신인 시절에 자신의 연주를 듣고 있던 조 존스가 던진 심벌즈에 맞지 않았다면 오늘날과 같이 추앙받지는 못했을 것이라고 말합니다. 자신의 연주가 엉망이라고 공개적으로 비난받았을 때 느낀 수치심을 이겨내기 위해 악착같이 훈련한 결과, 비로소 전설적인 뮤지션이 될 수 있었다는 것이죠. 플레처 교수는 제2의 찰리 파커를 탄생시키는 제2의 조 존스가 되고 싶었을 뿐이라면서 이렇게 덧붙입니다. "세상에서 가장 해로운 두 단어가 뭔 줄 알아? '그만하면 잘했어(Good job)'야."

찰리 파커, 버드 리치, 마일스 데이비스, 존 콜트레인 등 수많은 거장 뮤지션들이 음악 인생을 마감한 뒤 어쩐지 그들의 명성을 이을 새로운 뮤지션들의 이름이 들리지 않는 오늘날, 플레처의 말은 일견 설득력 있게 느껴지기도 합니다. 앤드루 역시 부정할 수 없다는 표정으로 플레처를 바라보는데, 플레처가 마침 좋은 생각이 났다는 듯 제안을 합니다. 준비 중인 카네기홀 공연의 드러머가 마음에 들지 않아 교체를 생각하고 있으니, 그 무대에 오르지 않겠느냐고 말이죠. 연주할 곡은 앤드루가 이미 줄줄 꿰고 있는 그의 주요 레퍼토리, 바로 「위플래쉬」와 「카라반」입니다.

과연 둘의 무대는 성공적이었을까요? 플레처가 그토록 바라온 제2의 찰리 파커는 앤드루일까요? 혹시나 아직 영화를 보지 않았을 당신을 위해 그에 대한 답은 여기선 덮어 둡니다. 다만 살다 보면 누구에게나 더 높은 곳을 향해야 할 때가 있다는 말을 하고 싶어요. 지금 여기서 안주하지 않고 더 혹독하고 치열하게 몰아붙여야 할 때 말이죠. 그때 다른 사람의 조언 혹은 참견 없이 스스로 가야 할 길의 방향을 정하고 이끌어 나갈 수 있다면 좋겠습니다. '그만하면 잘했다'는 진심 모를 칭찬에 안주하고 싶은 생각이 든다면, 그때 저는 이 영화와 음악들이 작은 자극이 되어 줄 거라 생각합니다.

침묵하면 비로소 들린다

'와, 예술이다'라며 감탄해 본 적 있을 겁니다. '예술'이라고 말하긴 했지만 대체로 진짜 예술 작품을 볼 때와는 다른 마음으로 말하게 될 때가 더 많은 것 같아요. 지금까지 봐 왔던 것들과는 다르게 특별해서, 할 수 있는 한 최상의 찬사를 보내고 싶은 마음을 담아서요. 요리가 그런 감동을 줄 때 '미쉐린 스타'가 주어지는 것 같습니다. 요리를 넘어서서 예술의 경지에 다다랐다는 의미로 말입니다.

헤아릴 요(料), 다스릴 리(理). 한자를 들여다보니 요리란 본질적으로 헤아리고 다스리는 일이네요. 몇 인분을 만들지, 어떤 식자재를 고를지, 얼마나 익힐지, 어떤 맛을 높이고 어떤 맛을 낮출지, 어떤 색과 어떤 모양으로 담아낼지를 결정해 나가는 모든 과정을 온전하게 함축한 말입니다. 남들과 같은 방식으로는 예술이 될 수 없는 법. 결국 다른 이들과 차별화된 방식을 선택하는 도전 정신이 중요합니다. 물론 그것이 누군가에게 감동을 줄 만큼 혹독하고

셰프 피에르 가니에르

치열한 노력이 뒷받침되어야 하는 것은 당연하겠죠.

남들과 다르다는 것은 곧 자기답다는 말이기도 하지요. '자기다움'을 갖추기 위해서는 자신이 가장 잘 알고 좋아하는 것에서 출발하는 것이 좋은 방법일 테고요. 여기, 어릴 때부터 즐겨 듣고 사랑해 온 재즈에서 요리에 대한 영감을 얻은 미쉐린 스타 셰프들이 있습니다. 프랑스의 피에르 가니에르, 그리고 이탈리아의 마시모 보투라입니다. 재즈와 요리라니, 접점이 없어 보이지만 이들에게는 결코 먼 관계가 아닙니다.

셰프 중의 셰프라는 의미의 '그랑 셰프'로 불리는 피에르 가니에르는 거의 모든 형태의 예술을 사랑하는 사람입니다. 록 뮤지션 브루스 스프링스틴과 에릭 클랩튼, 화가 사이 톰블리와 잭슨 폴록, 문학 작가 귀스타브 플로베르와 짐 해리슨을 좋아한다고 하죠. 이렇게 분야별로 좋아하는 아티스트 두세 명씩을 품고 있는 가니에르는 유독 재즈 뮤지션을 말할 때만큼은 단 한 명을 꼽습니다. 트럼페터 쳇 베이커입니다.

음표와 음표 사이의 침묵이 소리만큼 뛰어나다는 것. 피에르 가니에르가 밝힌 쳇 베이커를 애정하는 이유입니다. 그는 음과 음 사이를 비우고 기교를 덜어내고 욕심을 부리지 않는 쳇 베이커의 절제된 연주에 오랫동안 사로잡혀 있다고요. 쳇 베이커의 연주에서 요리에 대한 영감을 얻는다는 사실도 늘 자랑스럽게 밝힙니다.

집시 재즈의 팬이자 레스토랑의 오너 셰프였던 아버지를 통해 어려서부터 재즈와 요리가 공존하는 순간을 숱하게 경험해서 일까요. 그에게 요리하는 일은 재즈 연주와 크게 다르지 않습니다. 재즈 연주자들이 제한된 코드로 새로운 음악을 창조하듯, 요리사도 제한된 식재료와 도구로 새로운 맛을 만든다고요. 그는 특히 쳇 베이커가 트럼펫을 있는 그대로 사용하지 않고 절제를 통해 진화시켰다며, 요리도 같은 방식으로 진화해야 한다고 강조했죠.

절제를 중시하는 태도는 가니에르의 식습관과 요리 철학에 고스란히 녹아 있습니다. 이를테면 그가 가장 좋아하는 음식은 아무 반찬 없이 먹는 흰쌀밥입니다. 몸이 피곤할 때 흰쌀밥을 먹으면 마치 차가운 물 한 잔을 마신 것처럼 몸과 마음이 정화되는 것 같다고 그는 말합니다. 하얀 그릇의 여백과 식재료의 색감이 어우러지는 담음새, 재료 본연의 맛을 강조하는 조리법은 그의 트레이드마크죠.

미쉐린 스타 셰프들 중에서 가장 힙한 셰프라면 이탈리아의 마시모 보투라를 꼽을 수 있을 것입니다. 전통적인 방식에 얽매이지 않는 장난기 가득한 요리로 악평과 찬사를 동시에 받는 문제적 셰프입니다. 주방에서 레몬타르트를 떨어트린 일화에서 영감을 얻어 메뉴에 올린 '앗! 레몬타르트를 떨어트렸네'라는 이름의 디저트는 경직된 파인 다이닝 업계의 분위기를 경쾌하게 조롱하며 자

셰프 마시모 보투라

신의 존재감을 각인시킨 대표적인 작품입니다.

무엇이 자신을 창의적으로 만드느냐는 질문에 그는 언제나 재즈라고 대답합니다. 열네 살에 형이 소개해 준 재즈와 사랑에 빠진 뒤로 지금까지 모아 온 바이닐 레코드는 무려 1만 2000여 장. 그중에서도 재즈 피아니스트 델로니어스 몽크의 음반이 가장 큰 비중을 차지한다고 하죠. 그가 특별히 아끼는 음반 역시 몽크가 밀라노 테아트로 리리코에서 공연한 쿼텟 실황이 담긴 《1961 유러피안 투어1961 European Tour》입니다. 그가 가장 좋아하는 재즈 뮤지션이 누구인지 더 설명할 필요는 없겠죠.

델로니어스 몽크는 하나의 수식어로 규정할 수 없는 뮤지션입니다. 생전에 음악인은 수학자와 다름없다는 말을 즐겨 했다는 그는 일관된 주제를 느낄 수 있는 멜로디를 짜임새 있게 창작하고 연주하면서도, 때론 규칙에서 완전히 벗어난 음악을 들려줄 줄도 알았습니다. 다만 규칙에서 벗어나 자신의 존재감을 지나치게 드

재즈의 계절   127

러내는 성격 탓에 재즈계 사람들의 입방아에 자주 오르내렸죠. 다른 연주자가 솔로 연주를 하는 동안 이상한 춤을 추거나 연주를 전혀 하지 않고 가만히 앉아 있는 등 그의 행동은 천하의 마일스 데이비스도 말릴 수 없었습니다. 마시모 보투라는 바로 이 점이 자신이 몽크를 사랑하는 이유라고 말합니다. "몽크는 대단한 실력을 갖추었지만 동시에 모든 규칙을 부수는 인물이었죠."

마시모 보투라는 단순히 몽크의 음악을 감상하는 데 그치지 않고 그를 위한 요리를 개발해 메뉴에 올렸습니다. 요리 이름도 '델로니어스 몽크에게 바치는 헌사'입니다. 대파, 샐러리, 순무로 만든 국수에 오징어 먹물 소스를 끼얹고, 그 위에 부드러운 게살과 허브로 그을린 대구살을 얹은 요리죠. 검은 먹물과 하얀 대구살로 자아낸 흑백의 대비는 재즈 피아노 건반을 두드리는 몽크에게 마시모 보투라가 바치는 오마주입니다.

피에르 가니에르와 마시모 보투라가 재즈로부터 영감을 얻는 셰프라는 것 말고 또 하나 닮은 점이 있습니다. 그건 그들이 완벽한 침묵 속에서 새로운 레시피를 연구한다는 것입니다.

피에르 가니에르는 창조를 위한 영감은 세상 어디에나 존재한다고 여깁니다. 일과 여가 시간의 구분 없이 다양한 경로로 영감을 얻죠. 하지만 본격적으로 새로운 레시피를 연구할 때면 반드시 부엌에서 혼자 아주 조용히 몰입하는 시간을 가진다고 합니다. 침묵 속에서 진정 순수한 맛을 얻을 수 있다는 믿음으로 말입니다. 마시모 보투라도 마찬가지입니다. 그는 "완전한 어둠 속에서 정신적으로 고립된 상태에서 곧바로 떠오른 생각"을 통해 '델로니어스 몽크에게 바치는 헌사'를 개발할 수 있었다면서, 새로운 맛을 찾기 위해서는 생각을 비워 내는 작업이 중요하다고 강조했습니다.

음악, 미술, 문학 등 방대한 예술 분야를 섭렵하고 그로부터 받은 영감을 바탕으로 끊임없이 새로운 요리를 선보이며 셰프들 중에서 가장 창의적인 셰프라고 평가받고 있는 이들이, 창조하는 그 순간만큼은 반드시 모든 것을 비운다는 것이 참 의미심장하죠. 새로운 것을 시작하기 위해 수많은 자료를 찾고 보았는데도 번뜩이는 아이디어가 떠오르지 않는다면 머릿속에 너무 많은 것들이 쌓였다는 신호일지도 모르겠어요. 그럴 때면 저도 잠시나마 모든 것을 비우고 침묵하기 위한 산책을 합니다. 돈을 내지 않고 머물 수 있고 간판이나 광고가 눈에 띄지 않는 곳으로 말이죠. 아주 잠깐이라도 침묵의 시간을 갖고 나면 그동안 들리지 않았던 마음의 소리가 들립니다. 침묵 속에서 얻은 그 울림은 제법 오랫동안 사라지지 않더군요.

| 피에르 가니에르는 파리와 보르도뿐 아니라 라스베이거스, 런던, 모스크바, 도쿄, 홍콩, 두바이 등 세계에서 미쉐린 스타 레스토랑을 운영한다. 2015년 프랑스 미식 전문 매거진 〈르 셰프〉에서 미쉐린 스타 셰프들이 뽑은 세계 1위 셰프로 선정되었다. 국내에서는 2008년부터 소공동 롯데호텔에 위치한 '피에르 가니에르 서울'에서 그의 음식 세계를 만날 수 있다.

| 마시모 보투라는 이탈리아 모데나에 위치한 미쉐린 3스타 레스토랑 '오스테리아 프란체스카나'를 운영한다. 1995년 문을 연 그의 레스토랑은 영국 미식 전문 매거진 〈레스토랑〉이 선정하는 세계 50대 베스트 레스토랑 어워드에서 2010년부터 10년 넘게 TOP 5에 선정되고 있다.

6월

"I don't think any of us really knows
why we're here. But I think we're supposed to
believe we're here for a purpose."

Ray Charles

"나는 우리가
여기에 존재하는 이유를
누구도 제대로 알지
못한다고 생각한다.
하지만 나는 우리가 여기에
어떤 목적을 위해
존재한다는 것을
믿어야 한다고 생각한다."

레이 찰스

때론 잔인한 계절을 지나야 한다

어쩐지 계속 반복해서 보게 되는 영화들이 있죠. 대만 영화의 뉴 웨이브를 이끈 에드워드 양 감독의 〈하나 그리고 둘〉이 제게는 그런 영화입니다. 처음부터 끝까지 네 번 정도 보았고, 볼 때마다 새로웠어요. 180분에 가까운 러닝타임 동안 제법 복잡한 플롯으로 진행되는데 전에는 보지 못한 새로운 것들을 발견하게 되기 때문입니다. 신기한 건, 영화가 끝나면 어김없이 단 한 가지 생각에 도달한다는 거예요. '모든 것은 연결되어 있다.'

3대가 한 집에 살고 있습니다. 남동생과 누나, 그들의 부모, 그리고 백발이 성성한 외할머니까지. 에드워드 양 감독은 여러 인물들의 시선으로 젊음과 늙음, 탄생과 죽음, 사랑과 이별이 순환하는 순간들을 다양한 각도에서 포착합니다.

특히 초등학교를 다니는 양양(조나단 창 분)의 첫사랑 이야기와 고등학교를 다니는 누나 팅팅(켈리 리 분)의 사랑 이야기, 그리고 아

FILM
에드워드 양 〈하나 그리고 둘〉 (2000)

버지 NJ(오념진 분)가 결혼 전에 사귀던 연인과 우연히 재회하여 겪게 되는 이야기가 교차편집되는 순간들은 이 영화에서 유독 빛나는 명장면입니다. 그중 제가 좋아하는 장면이 있습니다.

극장처럼 어두운 교실 안, 양양과 반 아이들은 천둥의 생성 원리에 대한 교육용 영상을 시청하고 있습니다. 이때 뒤늦게 문을 열고 들어오던 한 여자아이의 치마가 문 손잡이에 걸리고, 문 가까이에 앉아 있던 양양은 치마 속 속옷을 보게 되죠. 양양은 평소 짝사랑하는 여자아이의 속옷을 보았다는 강렬한 느낌에 휩싸이고, 영문을 모른 채 어디 앉을지 두리번거리는 그 아이의 실루엣만을 멍하니 바라봅니다. 실루엣 너머 교육 영상 속에서 '우르릉 쾅' 하고 비가 쏟아지는 순간, 영화의 장면이 바뀝니다. 세차게 내리는 폭우 속에 우산을 들고 서 있는 팅팅이 짝사랑하는 남학생으로부터 다른 여학생에게 쪽지를 전해 달라는 부탁을 받는 쓸쓸한 장면. 양양이 시청하고 있던 교육 영상의 내레이션이 더해지면서 이 장면들은 사랑 그 이상을 이야기하는 것만 같습니다. 이를 테면 사랑의 비밀, 그리고 삶의 순환과 신비를 말이죠.

　"덥고 축축한 공기가 지면의 열로 인해 상승합니다. 이 공기는 높은 고도에서 작은 물방울이 되죠. 자연의 고요한 리듬에 맞춰 하늘에 뜬 구름은 소리 없이 춤을 춥니다. 우리는 그 아름다운 모습을 놓칠 때가 많죠. 구름이 더 높이 올라가면 서서히 우박으로 변하게 되고 구름을 뚫고 땅으로 내려오는데 떨어지는 동안 양극의 성질을 버리고 음극을 형성합니다. 이렇게 만들어진 반대되는 두 개의 힘은 서로를 강하게 끌어당기게 되는데 그 힘이 점점 커지다가 빛이 번쩍하는 순간에 격렬하게 결합하면서 천둥을 만들어 냅니다. 지구상의 모든 생물은 천둥이 창조한 거라고 하는데요, 4억 년 전 1볼트의 천둥이 아미노산을 만들

었고 이는 생명의 근원이 되었으며, 그로부터 모든 게 시
작되었습니다."

　서로 다른 이야기를 교차해 보여 주며 의미를 곱씹게 하는 것
외에도, 단 하나의 장면 안에서 의미를 완성하는 것 역시 〈하나 그
리고 둘〉의 빛나는 지점입니다. 의식을 잃고 병상에 누워 있는 외
할머니(유엔 탕 분)의 손을 손녀 팅팅이 살며시 잡는 장면을 떠올려
볼까요. 영화 속 장면 대부분이 인물과 배경을 함께 보여 주었던
것과 달리 몇 안 되는 클로즈업 장면입니다. 어떤 것이 희귀하다는
것은 감독이 오히려 이를 중요하게 여긴다는 증거가 되기도 하죠.
에드워드 양은 자글자글 주름진 노인의 손과 손녀의 희고 매끈한
손이 닿는 순간을 클로즈업하는 것만으로 '늙음'과 '젊음'이 하나
의 선으로 이어져 있다는 메시지를 간결하게 보여 줍니다.
　그러니까 이 영화는 서로 다른 것들의 이어짐에 관해 말합니

다. 젊음은 늙음으로, 사랑은 이별로, 부모의 비극은 자식의 비극으로, 결국 삶은 죽음으로 이어진다는 어떤 진실. 물론 우리도 그 진실을 이미 알고 있습니다. 다만 아주 큰 시차를 두고 느릿느릿 이어지는 바람에 가끔, 때로는 자주 잊을 뿐입니다. 하지만 〈하나 그리고 둘〉에서 그 시차는 그다지 중요한 것 같지 않습니다. 오히려 두 가지가 '동시에' 연결되어 있다고 말하는 것 같습니다. 마치 동전의 앞뒷면처럼 동시에 존재하지만, 앞면만 봐서는 결코 뒷면을 볼 수 없는 것뿐이라고 말이죠. 주변 사람들의 뒷모습을 필름 카메라로 찍어 선물하는 양양의 말은 뒷면의 진실을 보여 주려는 이 영화의 진심을 고스란히 전합니다. "삼촌은 삼촌 뒷모습을 못 보잖아요. 그래서 내가 도와주려고요."

우연이라기엔 믿기지 않지만, 전하는 메시지 그대로 〈하나 그리고 둘〉은 '처음'과 '마지막'을 동시에 의미하는 작품이 되었습니다. 허우 샤오시엔 감독과 함께 1980년대 대만 영화의 뉴 웨이브

JAZZ
「Summertime」
작곡: 조지 거슈윈
작사: 아이라 거슈윈, 듀보즈 헤이워드

를 이끌며 20세기의 거장으로 칭송받아 왔던 에드워드 양 감독이 21세기에 처음 만든 영화이자, 2007년 6월 29일 대장암으로 세상을 떠나기 전 마지막으로 완성한 유작. 결혼식 장면으로 시작하는 이 영화가 외할머니의 장례식으로 끝날 때, 저는 장례식 영정사진에 에드워드 양 감독의 얼굴을 대입하고, 이 영화의 유일한 재즈 곡을 떠올립니다. 바로 조지 거슈윈의 「썸머타임Summertime」입니다.

Summertime and the livin' is easy

Fish are jumpin' and the cotton is high

Your daddy's rich and your ma is good lookin'

So hush, little baby, don't you cry

삶이 편안한 여름날

물고기는 뛰어오르고 목화도 잘 자라는구나

네 아빠는 부자이고 네 엄마는 미인이란다

그러니 쉿, 아가야, 울지 말렴

One of these mornin's, you're gonna rise up singin'

Then You'll spread your wings

And you'll take to the sky

But 'til that mornin', there is nothin' can harm you

With Daddy and Mummy, standing by

어느 날 아침 너는 일어나 목청껏 노래하겠지

그리고 날개를 활짝 펴고

온 하늘을 차지할 거야

그날이 오기까지 어느 누구도 너를 해칠 수 없단다

아빠와 엄마가 지키고 서 있으니까

「썸머타임」은 미국의 작곡가 조지 거슈윈의 재즈 오페라 작품 〈포기와 베스〉의 대표적인 아리아입니다. 앞서 말했듯 희귀하다는 것은 감독이 이를 중요하게 여긴다는 증거이기도 한 법. 베토벤의 「월광」과 「첼로 소나타 1번」, 바흐의 「토카타 E 단조」 같은 클래식 음악이 높은 비중으로 언급되는 이 영화에서 어째서 재즈 곡이 존재감을 드러내는 걸까요. 그 답은 크라이테리언 컬렉션(저자 주. 유서 깊은 고전 영화와 예술 영화를 레이저디스크, DVD, 블루레이 디스크 등의 매체로 개발하고 판매하는 기업)에서 발매한 블루레이 속 에드워드 양 감독의 인터뷰 영상에서 찾을 수 있습니다. 그는 이 영화의 영어 제목인 '어 원 앤드 어 투(A One And A Two)'에 대해 "재즈 뮤지션들이 잼 세션 전에 언제나 중얼거리는 말"에서 영감을 받았다며 "인생은 재즈 운율 같아야 한다"고 덧붙였습니다.

〈포기와 베스〉에서 가난한 흑인 어부의 아내가 갓난아이를 안고 자장가처럼 들려주는 이 곡은 〈하나 그리고 둘〉에 팅팅이 거실의 피아노에 앉아 외할머니를 위해 연주하는 위로곡으로 등장합니다. 나중에 밝혀지지만 사실 팅팅은 외할머니가 쓰러진 날부터 죄책감으로 괴로워했죠. 자신이 버려야 했던 쓰레기를 외할머니가 대신 버리러 나갔다가 알 수 없는 이유로 의식을 잃었기 때문입니다. 관심 가던 남자아이를 구경하다 쓰레기 버리는 걸 잊었다는 것도 괴로움을 더했겠죠. '내가 그 쓰레기를 제때 버렸더라면' 하는 후회가 섞인 「썸머타임」 피아노 연주는 맑고 구슬픕니다.

한 가족 구성원들이 겪은 저마다의 사랑이 어떤 방식으로든 실패하고, 깨어날 줄 알았던 외할머니는 끝내 숨을 거둔 어느 잔인한 여름의 이야기. 외길에서 만난 터널처럼 피할 수 없는 통과의례를 치르면서 얻은 상처를 통해 살아가는 데 도움이 되는 진실을 깨닫게 되는 계절에 대한 이야기. 어떤 계절은 그렇게 날카로운 기억이 되어 가슴 속에 남습니다. 그것이 여름에 관한 기억일 때, 「썸머타임」보다 좋은 위로곡을 저는 아직 찾지 못했습니다.

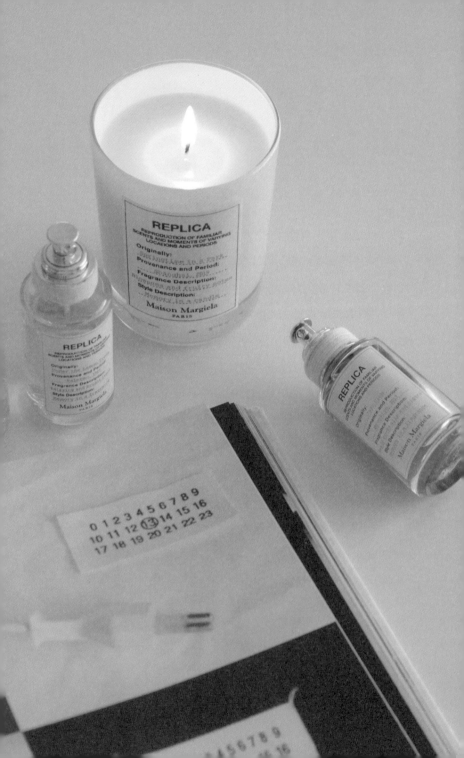

상상만으로 경험할 수 있다면

어떤 향기를 맡곤 과거 어느 날이 문득 떠오를 때가 있습니다. 저는 가끔 달콤한 향이 나는 우유 냄새를 맡을 때, 어린 고양이를 입양했던 10년 전 늦겨울 밤으로 돌아가곤 합니다. 며칠 전에 준비해 둔 아기고양이용 분유를 정성스럽게 담아 그 녀석이 맛볼 순간을 기다리던 설렘의 시간…. 신기한 노릇이죠. 평소 일부러 그날을 떠올려도 분유 향기의 존재를 몰랐는데, 우연히 맡은 향기로 그날을 좀 더 생생하게 기억하게 된다니.

이런 경험을 프루스트 현상이라 부릅니다. 프랑스 작가 마르셀 프루스트의 소설 『잃어버린 시간을 찾아서』에서 주인공이 홍차에 적신 마들렌 냄새를 맡고 어린 시절 한 순간을 회상하는 모습이 묘사된 데서 유래했습니다. 프랑스의 유명 패션 브랜드 메종 마르지엘라는 향의 이런 특성에 영감을 받아 2012년 레플리카 프래그런스 컬렉션을 론칭했습니다. 시간이나 장소의 향기를 재현한 향수와 캔들 라인은 종류가 서른 개나 됩니다. 이름만 들어도 그 향

메종 마르지엘라
향수 '재즈 클럽'

기를 상상할 수 있습니다. '레이지 선데이 모닝'에서는 이불 시트에 닿은 일요일 아침의 상쾌하고 따스한 햇살의 냄새가, '비치 워크'에서는 모래사장을 걸으며 맡았던 신선한 자연의 냄새가, '위스퍼 인 더 라이브러리'에서는 도서관 가득한 종이 냄새가, '바이 더 파이어플레이스'에서는 겨울여행의 밤을 아름답게 장식해 주는 벽난로의 장작 냄새가 떠오릅니다.

음악을 좋아하는 사람이라면 주목할 만한 '뮤직 페스티벌'이라는 프래그런스 라인도 있습니다. 수많은 사람들 사이에서 열정적으로 환호했던 그날을 떠올릴 수 있도록 스파이시한 연기 향과 달콤한 과일 향을 조합했습니다. 이 조합 자체만으로도 충분히 매력적이지만, 재즈를 좋아하는 사람이 좋아할 향은 따로 있습니다. 바로 '재즈 클럽' 향입니다.

2013년 출시된 '재즈 클럽' 라인은 메종 마르지엘라 레플리카 프랜그런스 컬렉션에서 가장 많은 사랑을 받고 있습니다. 메종 마르지엘라는 이 향이 남성을 위한 것이라고 설명하지만, 전형적인 여성성에 얽매이지 않는 현대 여성들도 데일리 향수로 선택할 만큼 중성적인 매력을 지녔다고 평가받는 향이죠.

메종 마르지엘라에 따르면 이 향기는 뉴욕 브루클린에 있는 어느 재즈 클럽의 향기를 재현한 것입니다. 브루클린의 베드퍼드 스타이베선트에 위치한 '브라운스톤 재즈', 파크 슬롭에 위치한 '바비스', 윌리엄스버그에 위치한 '루지 루즈'의 향기일까요. 물론 전혀 다른 곳이거나 가상의 공간일 수도 있습니다. 어쩌면 특정 장소가 중요한 건 아닐지도 모릅니다. 뉴욕 재즈의 전통을 간직한 브루클린이라는 것만으로도 재즈 클럽의 보편적인 분위기를 쉽게 떠올릴 수 있으니 말입니다.

이제 메종 마르지엘라가 안내하는 이 향의 키워드를 따라 상상해 봅시다. 지금 당신은 브루클린의 한 재즈 클럽에 들어섰습니다. 바 테이블을 지나 편안해 보이는 가죽 의자에 앉아 볼까요. 몸의 무게에 눌려 푹 꺼지는 가죽의 냄새가 콧속으로 들어옵니다. 저 멀리 피아노에는 조명을 받아 빛나는 악보가 있습니다. 누렇게 변색된 것을 보니 아주 오래전부터 여러 재즈 뮤지션들의 손을 탄 것 같습니다. 악보에서 느껴지는 포근한 종이 냄새와 함께 어디선가 매콤한 칵테일 향과 시가 냄새가 납니다.

재즈 클럽을 가 보지 않은 사람도 그곳을 상상할 수 있게 하는 이 향을 만들기 위해, 메종 마르지엘라는 특별한 향을 조합했습니다. 중독적이고 매혹적이고 관능적인 느낌을 낼 수 있도록 럼 앱솔루트 향과 타바코 향을 쓰는 동시에, 한편으로는 신선하고 활기찬 느낌을 함께 전달할 수 있도록 프리모피오레 레몬, 핑크페퍼, 네롤리 오일을 더했죠.

모든 향기가 그렇듯 이 향기도 발향 순서에 따라 그 뉘앙스가 달라집니다. 첫 느낌을 결정짓는 향이자 피부에 뿌린 뒤 10분 전

후에 나는 탑노트는 레몬, 핑크페퍼, 네롤리 오일 향이고, 착향 이
후 30분에서 60분경에 안정된 상태로 나는 미들노트는 럼 앱솔
루트, 클라리세이지 오일, 자바 베티버 오일 향입니다. 마지막으로
향수를 뿌린 뒤 두세 시간이 지난 후부터 향이 모두 사라지기까
지 나는 향, 주로 잔향이라고 불리는 베이스노트에서는 때죽나무,
담뱃잎, 바닐라빈 향을 맡을 수 있습니다.

    메종 마르지엘라 레플리카 프래그런스 라인의 시그너처 향이
라 해도 손색이 없는 '재즈 클럽'은 헝가리 출신의 조향사 알리에
노르 마스네에 의해 탄생되었습니다. 세계적으로 유명한 스위스
향료 회사인 피르메니히에서 인턴십을 하면서 향수의 세계에 발
을 들였고, 이후 후각과 향료에 대한 체계적인 교육 과정을 거쳐
현재 주요 향료 회사들과 일하는 스타 조향사입니다. 그는 조향사
경력 초창기에 뉴욕에서 머물면서 그리니치 빌리지의 '블루노트'
나 '빌리지 뱅가드'를 비롯해 브루클린의 여러 재즈 클럽에서 맡았

던 남성적이고도 친밀한 분위기의 향에 영감을 받아 '재즈 클럽' 향을 만들었다고 합니다. 수많은 브랜드의 향수 프로젝트를 진행했지만 메종 마르지엘라와의 작업은 특히 즐거웠던 모양입니다. 그는 메종 마르지엘라가 늘 아름다운 원료를 사용하며, 향수 기획에 제한을 두지 않고, 창의성을 표현할 수 있는 특별한 자유를 제공해 준다며 인터뷰마다 극찬을 아끼지 않습니다.

가죽 향, 씨앗 향, 장미 향, 바닐라 향, 리큐어 향, 우디 향… 수많은 향들 속에 파묻혀 살아가는 그가 최고로 여기는 향은 역설적이게도 사람의 피부 냄새입니다. 그는 다섯 살 때 햇볕을 쬔 따뜻한 피부 냄새를 맡고 반해 버린 이후 지금까지 그 향을 잊지 못한다고 말합니다.

알리에노르 마스네의 말에서 '재즈 클럽' 향의 진짜 가치를 추측해 볼 수 있습니다. 그와 메종 마르지엘라가 만든 이 향은 그 자체로 완벽하고 재즈 클럽의 분위기를 떠올리게 하는 데 부족함이 없지만 한편으로는 그 안에 담기지 않은 것들, 그러니까 그곳의 사람 냄새를 그립게 합니다. 잘 마시지도 못하는 칵테일을 입술에 적셔 보고, 뮤지션들의 열정적인 라이브 연주를 들으며 가까이 앉은 사람들과 함께 환호하는 그 열기의 향기. 그 향을 잊지 못해 재즈 클럽에 가고 싶은 날이면 '재즈 클럽'을 뿌립니다. 마스크를 벗어도 좋은 때가 오면 당장 재즈 클럽의 가장 깊숙한 곳에 들어가 가까이에 앉은 사람들의 피부 냄새를 두려움 없이 맡으며 진짜 재즈 클럽의 향에 취해 보고 싶습니다.

7월

"You can play a shoestring
if you're sincere."

John Coltrane

"당신이 진실하다면
신발끈으로도
연주할 수 있다."

존 콜트레인

거짓 욕망에서 벗어나면
진짜 낭만이 찾아온다

눈앞에 비교할 것들이 나타나면 사람의 마음은 참 간사해집니다. 새 운동화를 사러 들어간 가게에서는 평소에 잘만 신고 다니던 운동화가 유난히 낡게 느껴지지요. 가격에 따라 상, 중, 하로 구분된 선택지를 들여다보고 나서는 차라리 안 사면 안 샀지 가장 안 좋은 옵션을 고르기가 쉽지 않습니다.

무언가를 창작할 때에도 현실과 이상을 비교하게 되는 순간은 계속 찾아옵니다. 프로젝트 예산, 도달률, 클릭률, 손익분기점 달성률 등 비교가 용이하게 정량화된 지표들을 저울질하는 동안 프로젝트를 처음 기획하던 시기의 설렘과 낭만은 사라져 버리고, 우아했던 표정은 점점 절박함으로 변해 버리고 말죠.

여기, 뉴욕의 거리에 한 여인이 럭셔리 귀금속 브랜드인 티파니 본점 앞에 서 있습니다. 블랙 원피스를 입고 선글라스를 낀 채 한 손에는 커피를, 다른 손에는 크루아상을 들고 있네요. 네, 영화

FILM
블레이크 에드워즈 〈티파니에서 아침을〉 (1961)

〈티파니에서 아침을〉 하면 누구나 가장 먼저 떠올리는 장면입니다. 만약 어떤 정보도 없이 이 장면을 만났다면 그를 우아한 상류층 여인이라고 판단할 겁니다. 하지만 이 영화가 보여 주는 이야기는 우아함보다는 절박함에 가깝습니다. 그는 부유한 남성과의 결혼으로 자신의 현실에서 탈출하고자 하는 아메리칸 게이샤, 홀리고라이틀리(오드리 헵번 분)니까요.

　홀리는 매일 밤마다 자신의 집 현관문을 두드리며 함께 시간을 보내자고 조르는 정체 모를 중년 남성들과 시끄럽게 실랑이를 벌이고, 그 소음에 질려 버린 이웃의 거센 항의를 받습니다. 남자와 함께 클럽에서 시간을 보내는 대가로 용돈을 받기도 하고, 교도소에 수감된 죄수를 면회하고는 누군가에게 수상한 돈을 받아 생활비를 충당하기도 합니다. 그러니까 이 여인은 티파니 매장 앞에서 어떤 보석을 살지 고민하고 있었던 게 아니라, 구매할 수 없는 보석을 구경하고 있었던 겁니다. 즉 〈티파니에서 아침을〉은 가질 수 없는 것 혹은 이룰 수 없는 것을 욕망하는 데서 출발하는 영화입니다.

이때 한 젊은 남자가 나타납니다. 홀리와 같은 아파트로 이사해 온 소설가 폴 바잭(조지 페파드 분)입니다. 가난하지만 매력 있는 젊은이들이 부유한 기혼자들의 불륜 대상이 되곤 했던 당시 뉴욕의 생활상을 반영하듯, 폴 역시 유부녀와 잠자리를 하며 용돈을 받아 생활하는 듯하네요. 그는 홀리의 삶을 지켜보다가 그가 가난한 어린 시절을 보내고 텍사스 농부와 결혼했다 이혼한 뒤 남동생에게 정신적으로 의지하며 살아가고 있다는 것을 알게 됩니다. 호기심이 점차 사랑의 감정으로 변하자, 폴은 자신을 금전적으로 후원해 주던 유부녀 연인과의 관계를 끊고 홀리에게 점점 더 가까이 다가갑니다.

홀리가 늘 부유한 삶을 꿈꾼다는 걸 잘 알고 있는 폴은 최근 출간한 소설 인세를 받은 날 홀리를 티파니 매장으로 데려갑니다.

자신들이 정한 예산으로 살 수 있는 거라곤 보석에 글자를 각인해 주는 서비스뿐이라 그들은 티파니에서 구매하지도 않은 싸구려 반지를 들이밀고 글자를 새겨 달라고 요청하죠. 며칠 뒤 반지를 찾은 폴은 홀리에게 곧장 달려가지만 반지를 끼워 주지는 못합니다. 홀리가 가난한 소설가와의 진지한 관계를 본능적으로 회피하며 돌연 멕시코 농장을 운영하는 갑부 남자와 결혼하겠다고 선언했기 때문이죠. 부귀영화에 집착할수록 점점 더 갈피를 잡지 못하는 홀리의 욕망을 폴은 잠재울 수 있을까요.

〈티파니에서 아침을〉이 좋은 영화인가 하는 질문에 그렇다고 답하기는 어렵습니다. 아파트 이웃으로 등장하는 일본인 역할을 백인 배우 미키 루니가 뻐드렁니 분장을 하고 연기한 장면에서는 당시 할리우드가 갖고 있던 인종차별적인 시선이 느껴지고, 끊임없이 부와 성공을 추구하던 여자 주인공이 갑작스럽게 그 모든 것에 허무함을 느끼고 사랑을 선택한다는 결말은 뻔하게 느껴지기도 하죠. 현대인의 입장에서는 여러 요소들을 감안하면서 감상해야 하는 수고스러움이 따르는 영화입니다. 그럼에도 이 작품이 오늘날까지 회자되는 이유는 오드리 헵번의 아름다움 때문만은 아니라고 생각합니다. 지금은 세계적인 재즈 스탠더드 곡이 된 노래, 「문 리버Moon River」가 바로 이 영화를 통해 처음으로 세상에 전해졌다는 것. 저는 그 이야기를 해 보고 싶습니다.

홀리 고라이틀리의 삶이 폴 바잭을 만나면서 변화를 겪듯, 이 곡의 작곡가인 헨리 맨시니도 블레이크 에드워즈 감독을 만나면서 180도 바뀐 삶을 살게 되었습니다. 헨리 맨시니는 미국을 대표하는 스타 작곡가이지만 〈티파니에서 아침을〉의 주제가 작곡을 맡았을 때만 해도 전혀 유명하지 않았으니까요. 물론 1952년부터 1958년까지 약 8년간 유니버설 스튜디오의 전업 작곡가로 일하며 100여 편의 영화음악 작업에 참여한 이력이 있기는 했습니다. 하지만 그는 그 많은 작업 가운데 단 하나의 히트곡도 만들지 못했다는, 영화사 입장에서는 매우 타당한 사유로 해고되어 직장을 잃은 상태였죠. 우연히 들른 이발소에서 〈티파니에서 아침을〉을 준비하고 있던 블레이크 에드워즈 감독을 만나 그에게 영화음악 작업을 의뢰받았던 거고요. 아마 에드워즈 감독도 작업을 의뢰하기는 했지만 헨리 맨시니가 이렇게 잘 해낼 거라곤 예상하지 못했을지도 모르겠습니다.

헨리 맨시니는 주제가를 어떻게 만들지 고민하던 중 예전에 작곡해 둔 곡 가운데 영화의 분위기에 딱 맞는 곡을 발견하고는 그 길로 작사가 조니 머서를 찾아갔습니다. 조니 머서는 당시 「피 에스 아이 러브 유P. S. I Love You」, 「컴 레인 오어 컴 샤인Come Rain Or Come Shine」 등 다수의 곡을 흥행시킨 히트곡 메이커이자 프랑 스 샹송 「어텀 리브스Autumn Leaves」를 영어로 번안해 세계적인 인기를 얻은 유명 작사가였습니다. 변변찮은 작곡가의 작사 의뢰 가 흥미롭지 않을 수도 있었을 텐데, 조니 머서는 멜로디를 듣는 즉시 매우 흡족해하며 흔쾌히 작사 작업에 임했습니다. 조니 머서 는 영화 시나리오에서 얻은 영감뿐 아니라 본인의 이야기를 자연 스럽게 노랫말에 녹이기도 했습니다. 노래 제목 '문 리버'는 조니 머서가 자란 조지아에 있는 강의 이름이고, 노래의 마지막에 등장 하는 '허클베리'라는 친구 이름은 (마크 트웨인의 소설 『톰 소여의 모 험』 속 등장인물인 허클베리 핀이 아니라) 실제로 그의 어릴 적 친구 이 름이라고 하죠.

Moon river, wider than a mile

I'm crossing you in style some day

Oh, dream maker, you heart breaker

Whenever you're goin', I'm goin' your way

달빛이 흐르는 강, 아주 넓은 강

언젠가 나는 그곳을 멋지게 건널 거예요

오, 나를 꿈꾸게 하는 이, 날 애타게 하는 사람

당신이 가는 곳이면 어디든 나도 갈래요

Two drifters, off to see the world

There's such a lot of world to see

We're after the same rainbow's end

Waitin' 'round the bend

My huckleberry friend

Moon river and me

세상을 보러 떠나 온 방랑하는 우리 둘

세상에는 볼 게 참 많네요

우리는 같은 무지개의 끝을 찾아

강의 굴곡에서 기다리고 있어요

내 친구 허클베리

달빛이 흐르는 강 그리고 나

「문 리버」는 홀리의 욕망 대신 삶에 대한 낭만을 노래합니다. 달빛, 강, 꿈, 무지개… 모두 티파니 매장에서는 결코 구할 수 없는 것들이죠. 눈을 감고 노래를 들으면 두 연인이 달빛 아래 흐르는 강물 위에 배를 타고 무지개처럼 아름다운 세상의 볼거리들을 찾아 이리저리 흘러 다니는 모습만이 떠오릅니다.

오프닝과 엔딩 장면을 비롯해 영화에 수 차례 이 곡이 등장하는데, 저는 그중 오드리 헵번이 창가에 앉아 기타를 연주하며 직접 노래하는 장면을 가장 좋아합니다. 헨리 맨시니는 영화의 장면은 영화의 장면일 뿐 정식 OST 음반에는 더 완성도 높은 편곡이 필요하다는 이유로 오드리 헵번이 노래한 버전을 싣지 않았다고 하죠. 이 점을 아쉬워하는 영화 팬들과 음악 팬들의 마음을 모르지 않지만 저는 헨리 맨시니를 원망하지 않으려 합니다. 오드리 헵번의 노래를 듣기 위해서라도 영화를 찾아 감상하는 낭만이 우리에겐 남아 있으니까요.

촌스럽고 못난 것들도 어여쁘다

스타일리시한 가게들이 즐비한 한남동 대로의 뒤편, 어느 한적한 골목길에 '째즈 미용실'이라고 적힌 낡은 간판이 남아 있습니다. 가게가 들어설 만한 자리에는 테일러숍이 있는 것을 보니 미용실 영업을 종료하고 간판을 미처 철거하지 못한 것 같아요. 종종 걷게 되는 길인데 그 간판을 마주하면 저도 모르게 싱긋 웃습니다. '째즈 미용실'이라는 간판 아래 염색약으로 얼룩진 알록달록한 수건들이 건조대에 널려 있었을 풍경을 상상하면서요.

그러고 보니 허름한 뒷골목에서 '재즈'라는 상호가 붙은 가게들을 종종 보곤 했습니다. 가짜 모피코트를 입은 마네킹이 사계절 내내 서 있는 의류매장, 손때 묻은 벽지와 세탁한 지 오래된 것 같은 테이블보가 있는 다방, 화려한 서체의 영어가 적힌 모텔 같은 곳들 말이에요. 재즈와 전혀 관계 없어 보이는 곳에서 재즈라는 이름을 만나면 당혹스럽다가도 궁금합니다. 왜 하필 가게명을 재즈라고 지었을까 하고요. 그 답을 속 시원히 알아냈던 적은 없었습니다. 혹시나 하는 마음에 가게 안을 기웃거려 봐도 재즈와 관련된 소품을 발견하거나 문틈으로 새어 나오는 재즈 음악을 듣게 되는 일은 거의 일어나지 않더라고요.

그런데요, 이렇다 할 소득 없이 가던 길을 마저 걸으면서 종종 그런 생각을 했습니다. 왜인지는 모르겠지만 재즈라는 이름이 이곳에 제법 잘 어울린다는 것. 이런 곳에서 느껴지는 재즈에 대한 인상 역시 어쩌면 재즈가 지닌 중요한 정체성 중 하나라는 것을요. 그건 아마도 뒷골목 문화를 기반으로 발전했던 재즈의 초창기 역사 때문일 겁니다. 재즈는 19세기 말 미국 남부의 항구도시인 뉴올리언스, 그중에서도 스토리빌이라는 홍등가를 배경으로 발전했으니까요. 오늘날 현대 재즈 문화에는 그 흔적이 대부분 사라졌지만, 초기 재즈는 도시적인 세련미보다는 항구 도시가 지닌 거칠고 촌스러운 무드와 어울리는 음악이었고, 지적인 유희보다는 걸쭉한 흥취와 쾌락을 제공하는 에로틱한 음악이었습니다.

사진집 『도쿄 부기우기』

일본의 사진작가 모리야마 다이도가 발표한 사진집 『도쿄 부기우기』는 대도시의 뒷골목에서 '재즈'라는 이름의 가게를 마주칠 때 느끼는 이상한 낭만을 그대로 담아낸 사진들로 가득합니다. 화려한 기모노를 입은 아마추어 모델들이 어색하게 웃고 있는 포스터, 계단이며 담벼락 할 것 없이 광고가 붙어 있는 뒤죽박죽 공간들, 각자의 스크린만 쳐다보고 있는 파친코 슬롯머신 앞 손님들… 신주쿠, 시부야, 이케부쿠로, 아사쿠사, 긴자 등 그의 카메라에 기록된 도쿄의 수많은 골목길 풍경들은 대체로 혼란스럽고 시끄럽습니다. 모리야마 다이도 스스로 책에서 밝히고 있듯 이 사진들은 '촌스럽고 에로틱한 이미지', '완전히 그래픽적인, 혹은 키치하고 팝한 이미지'들입니다. 그리고 그는 이 사진들에 '부기우기'라는 이름을 붙였죠.

"포스터든, 간판이든, 창가든, 작은 길모퉁이든, 모든 것이 나에게 말을 걸어 주는 것처럼 사진가로서의 나를 자극하고 동기를 부여해 줬습니다. 도시 전체에 울려 퍼지는 음악이나 소음은 나에게 '부기우기'에 다름 아닌 것처럼 들립니다. 편집을 끝내고 나니 이 책의 제목으로 『도쿄 부기우기』 말고는 생각나지 않았습니다."

1930년대 전후로 크게 유행했던 부기우기는 아프리카 흑인 노예들이 즐긴 블루스의 영향 아래 발전된 빠른 템포의 경쾌한 음악입니다. 센박과 여린박의 규칙성을 뒤바꾸는 당김음을 적극 이용하는 래그타임 음악의 영향도 짙게 느껴지죠. 오늘날의 주류 스타일은 아니지만 20세기 초 재즈의 독특한 분위기를 고스란히 간직하고 있다는 점에서 여전히 마니아들의 사랑을 받고 있죠.

Tokyo
Boogie
Woogie

Daido
Moriyama

사진작가 모리야마 다이도

1938년생인 모리야마 다이도는 아마 어린 시절 고향에서 부기우기를 접했을 겁니다. 그는 고향인 가나가와현 남부의 즈시 시에 주둔하던 미군들의 문화를 통해 재즈를 접하고 단번에 매료되었다고 하죠. 그래서일까요, 그의 사진 세계는 그 어떤 음악보다도 그 옛날의 재즈와 닮아 있습니다.

아무리 자유로움과 즉흥성을 중시하는 재즈 뮤지션이라 하더라도 모리야마 다이도가 사진을 촬영하는 방식보다 즉흥적이지는 않을 것입니다. 그는 카메라를 손에 쥐고 도쿄 거리로 나가 마치 들개처럼 어슬렁거리며 눈앞에서 우연히 만난 이미지들에 즉각 반응하여 사진을 찍습니다. 어떤 이미지를 촬영하기로 결심하고 실천하는 데까지는 단 1초면 충분하죠. 좋은 카메라를 고집하지도 않습니다. 그의 표현에 따르면 '찍히기만 하면' 그만입니다. 그가 줄곧 사용해서 명성을 얻은 리코의 GR 시리즈도 특별한 고집으로 선택한 결과는 아니었습니다. 단지 사진작가로 활동하던 초기에 선물로 받은 카메라가 리코였고, 촬영해 보니 나쁘지 않아 계속 그것으로만 촬영했을 뿐이라고 합니다.

계획하지 않는 창작자라니 게으른 사람일 것 같지만, 모리야마 다이도는 게으름과는 아주 거리가 먼 작가입니다. 그는 작가로 활동하기 시작한 20대 때부터 80대가 된 오늘날까지 하루도 빠짐없이 밖으로 나가 사진을 촬영하는 부지런함으로 유명한데요, 디지털 카메라를 사용하기 시작하고부터는 무려 하루 평균 1600장의 사진을 촬영한다고 합니다. 수천 장의 사진들이 모이면 신주쿠에 위치한 작업실에서 조수와 함께 작품이 될 만한 사진들을 고릅니다. 마음에 어떤 울림도 주지 않는 이미지는 미련 없이 삭제하고, 무언가 가능성이 있어 보이는 이미지들은 좌우를 자르거나 확대해 보며 강렬한 느낌이 극대화될 수 있는 화각으로 편집하기도 합니다. 필름 카메라로 찍고 암실에서 하던 일들을 이제는 디지털 카메라로 찍고 컴퓨터로 할 뿐, 달라진 것은 아무것도 없습니다.

  그렇게 탄생한 작품들은 결코 세련되지도 현대적이지도 않습
니다. 어딘가 균형이 맞지 않거나 지저분하고 조잡하죠. 그런데 어
쩐지 그의 사진에서 저는 낭만을 느낍니다. 그건 '째즈 미용실'이
라는 허름한 간판을 볼 때 느끼는 낭만과 비슷합니다. 귀엽고, 애
잔하고, 사랑스러운 싸구려 낭만. 디지털 시대가 열리고 낭만주의
를 추구하는 스냅사진 작가들이 세계 각지에서 쏟아지고 있지만,
저는 아직 모리야마 다이도만큼 오리지널리티를 획득한 작가를
발견하지 못했습니다. 그들의 낭만은 지나치게 매끈하고 정제되어
있다는 인상을 받아요. 촌스럽고 못난 것들도 어여삐 여기는 마음,
그게 모리야마 다이도의 사진을 제가 사랑하는 이유입니다.

8월

"You've got to find a way of saying it
without saying it."

Duke Ellington

"말하지 않고
말하는 방법을
찾아야 한다."

듀크 엘링턴

세상에는 좀 더 많은 은유가 필요하다

'바쁘다, 바빠, 현대 사회'라는 말이 유행하는 중에 이 글을 씁니다. 매일 쏟아지는 데이터들을 천천히 소화해 낼 여유가 없는 이 시대의 바쁜 사람들을 위해, 정보는 점점 단순해지고 메시지는 지나칠 만큼 선명해지는 중이죠. 그 속에서 예술이 설 자리를 생각하면 조금 막막한 기분이 듭니다.

예술이란 본질적으로 어떤 대상을 낯설게 보게 하는 것이지요. 미술관에 변기를 가져다 놓고 '샘'이라고 한 마르셀 뒤샹의 선언처럼 예술은 직유가 아니라 은유의 작업입니다. 예술가들은 이전까지 관계 없던 대상들을 자기만의 새로운 시각으로 연결하고, 감상하는 이들은 마치 암호처럼 엮여 있는 작품의 논리를 해석하면서 작가의 세계와 친해집니다. 그것이 익숙한 관념과 멀게 느껴질수록 해석에 필요한 시간도 길어지지요. 하지만 바쁜 현대 사회의 사람들에겐 시간이 없습니다. 그래서 보는 즉시 독해 가능한 것들만이 간신히 자리를 얻어 예술의 맥을 이어 가고 있는 건 아닌지 슬퍼질 때가 있습니다. 그래서 저는 이창동 감독의 〈버닝〉이 반가웠습니다. 직유가 아닌 은유로 가득한 작품이었으니까요.

〈버닝〉은 트럭 배달 일로 생계를 이어 가는 작가 지망생 종수 (유아인 분)의 일인칭 관찰자 시점의 이야기로 시작해서, 종수의 소설 속 세계로 해석할 수 있는 전지적 작가 시점의 이야기로 끝나는 영화입니다. 안시환 영화평론가는 이 영화가 '종수의 현실 체험기이자 성장담이고, 또한 작가 입문기'라고 요약하기도 했죠. 세계적인 소설가 무라카미 하루키의 단편 〈헛간을 태우다〉를 원작으로 한 영화인 만큼 문학 작가에 대한 이창동 감독의 오랜 관심을 영화에 직접적으로 드러낸 것으로 보입니다. 그렇다면 마침내 소설을 쓰기 전까지 종수는 왜 글을 쓰지 못했을까요. 종수의 대답입니다. "저는 뭐를 써야 될지 모르겠어요. 저한테 세상은 수수께끼 같거든요."

알 수 없다는 것. 〈버닝〉을 관통하는 중요한 성질 혹은 상태입니다. 이창동 감독은 이것이 지금의 밀레니얼 세대가 겪고 있는 고통의 본질이라는 견해를 여러 인터뷰에서 드러냈습니다. 〈씨네21〉 인터뷰 속 그의 말을 빌리자면 자신의 젊은 시절에는 "문제가 분명했고 싸울 대상이 있었"습니다. 하지만 요즘 청년들의 삶은 그렇지 않다고 그는 생각하고 있죠. 겉으로는 별문제 없어 보이지만 왠지 무언가가 잘못됐다고 느끼는데, 그게 무엇인지는 명확히 설명할 수 없는 시대를 살고 있다는 것입니다.

이창동 감독은 주제의식을 대사로 직접 설명하는 대신 은유를 사용합니다. 귤을 먹는 시늉을 하는 해미(전종서 분)의 팬터마임, 해미의 방 안에 살고 있지만 보이지 않는 고양이, 하루에 딱 한 번 잠깐 방 안에 들어왔다가 사라지는 햇빛, 종수에 집에 걸려 오는 정체 모를 침묵의 전화, 어릴 적 살던 동네에 있었는지 없었는지 모를 우물… 영화에 등장하는 이 모든 요소들은 알 수 없는 것,

분명하지 않은 것, 믿을 수 없는 것에 대해 이야기하는 작품의 주제의식을 은유적으로 실어 나릅니다. 잘 모르는 것에 대한 영화이므로 전체 스토리를 미스터리 서사로 전개하게 된 것 역시 연출가로서 자연스러운 결정이었을 것입니다.

은유가 넘치는 이 영화에서 지나치게 선명한 직유가 등장하는 때가 있는데, 그건 모두 '해미의 사라짐'을 의미하는 순간들입니다. 해미는 아프리카 여행에서 노을 풍경을 바라보던 때를 회상하며 "나도 저 노을처럼 사라지고 싶다"고 말하죠. 사라진 해미를 찾는 종수에게 벤(스티븐 연 분)은 "해미는 사라졌어요, 연기처럼"이라고 말합니다. 해미는 정말 노을처럼 혹은 연기처럼 사라진 걸까요? 이 문제가 그렇게 단순한 직유로 이해하면 안 될 것 같다고 느껴지는 이유는 해미의 사라짐에 대해 메시지를 전하는 또 다른 은유들이 영화 곳곳에 숨겨져 있기 때문입니다.

가장 선명한 건 벤이 종수에게 고백한 본인의 악취미입니다.

두 달에 한 번 정도의 페이스로 버려진 비닐하우스를 찾아 태워 버린다는 것. 종수는 벤이 범행 장소로 예고한 근처 비닐하우스들을 매일 찾아다니면서 아무것도 불타지 않았음을 확인합니다. 하지만 이후 벤은 종수에게 이미 비닐하우스를 하나 태웠다고 말하죠. 불길합니다. 벤이 비닐하우스를 태울 거라고 선언한 이후 해미가 흔적도 없이 사라졌고, 해미와 벤이 만난 지 두 달쯤 된 것 같은데 이제 벤의 곁엔 해미와 비슷한 또래의 새로운 여자가 있기 때문입니다. 어쩌면 벤의 고백은 정말 비닐하우스를 태운다는 것이 아니라 연쇄살인을 의미하는 끔찍한 메타포가 아닐까 하는 의심이 서서히 피어나도록, 이 영화는 섬세히 관객을 이끌어 갑니다. 벤이 종수와 해미를 반포에 있는 고급 아파트에 초대해 요리하던 장면에서 해미와 나눈 대사는 의심을 확신으로 굳히게 만들죠.

"내가 요리를 좋아하는 건 내가 생각하고 원하는 걸

내 마음대로 만들어 먹을 수 있어서야. 그리고 더 좋은 것
은 내가 그걸 먹어 버린다는 거지. 인간이 신에게 제물을
바치듯이 난 내 자신을 위해서 제물을 만들고 내가 그걸
먹는 거야."

　"제물?"

　"제물은… 말하자면 그냥 메타포야."

JAZZ
「Générique」
작곡: 마일스 데이비스

모호하게 들리지만 진실을 알고 나면 어떤 것보다 강렬하게 느껴지는 메타포도 있습니다. 벤과 해미가 파주에 위치한 종수의 집에 찾아와 대마초를 나누어 피우고 난 뒤, 해미가 상의를 완전히 벗고 춤을 추기 시작할 때 벤이 카오디오로 재생한 음악, 마일스 데이비스의 「제네리크Générique」 말입니다.

이전 작들에서 이창동 감독은 음악을 쓸 때 단순하고 선명하게 직구를 던졌습니다. 〈박하사탕〉을 떠올려 보죠. 이 영화는 주인공 영호(설경구 분)가 강가의 한 야유회에서 이동 노래방 마이크를 붙잡고 울부짖듯 노래하는 시퀀스로 시작합니다. 영화를 다 보고 나면 비로소 알게 되는 사실은, 그가 젊은 시절 5·18 진압군과 고문 담당 경찰로 일하며 국가 폭력의 가해자로 살다가, 훗날 직업도 잃고 가족도 잃고 오랜만에 소식이 닿은 첫사랑 순임(문소리 분)마저 혼수상태에 빠져 죽어 간다는 사실을 알게 된 채 이 야유회를 찾았다는 것입니다. 그가 여기서 부르는 노래는 제1회 대학가요제

대상을 수상한 샌드페블즈의 「나 어떡해」입니다. "나 어떡해 너 갑자기 가 버리면 / 나 어떻게 너를 잃고 살아갈까"

〈밀양〉에서 불쑥 등장하는 음악도 범상치 않습니다. 주인공 신애(전도연 분)는 아들이 유괴된 후 싸늘한 주검으로 돌아온 고통을 신앙으로 극복해 나가는 인물이죠. 하나님의 사랑을 믿으며 지독한 슬픔 속에서 조금씩 희망을 찾아가던 중 신애는 자신의 아들을 유괴하고 살해한 범인 도섭(조영진 분) 역시 하나님 앞에 회개하고 평안을 얻고 있다는 사실에 큰 충격을 받습니다. 신에 대한 믿음과 사랑을 버리고 그 자리를 배신감과 증오로 채운 신애는 동네 교회 부흥회에 잠입해 목사가 기도하는 도중 김추자의 「거짓말이야」를 스피커로 틀어 버립니다. "거짓말이야, 거짓말이야, 거짓말이야…"

〈버닝〉은 다릅니다. 주로 선명한 노랫말과 멜로디가 특징적인 한국 대중가요를 정확한 순간에 최소한으로 삽입하기를 고집해 온 이창동의 선택에 익숙해진 관객이라면, 〈버닝〉이 음악을 다루는 방식에서 생경함을 느꼈을 것입니다. 마일스 데이비스의 「제네릭」는 원작의 예술적 맥락을 활용해 직구가 아닌 입체적인 변화구를 던지는 곡이니까요.

「제네릭」는 〈버닝〉보다 60년 전에 개봉한 루이 말 감독의 영화 〈사형대의 엘리베이터〉의 삽입곡입니다. 이 영화의 음악감독을 맡은 마일스 데이비스가 작곡한 연주곡이지요. 프랑스어 제목의 의미가 '일반적인', '총칭적인'이고, 최초 발매된 OST 음반에서 첫 번째 트랙에 실린 곡이라는 점을 생각하면 이 곡이 영화 속 음악적 세계관 전반을 총괄하고 있음을 어렵지 않게 눈치챌 수 있죠. 마일스는 이 곡의 주요 멜로디 라인을 다른 사운드트랙에서도 반복적으로 변주하는 방식을 중심에 두고, 차분한 연주와 격렬한 속주 사이를 자유롭게 오가며 영화음악 역사에 매력적인 획을 그었습니다.

전체 사운드트랙 녹음에 걸린 시간은 단 6시간. 1957년 12월 4일 밤 11시부터 이튿날 새벽 5시까지, 단시간 내에 이루어진 이들의 녹음은 오늘날까지 재즈계에 전설로 내려오고 있습니다. 당시 스튜디오에는 감독 루이 말과 배우 잔느 모로가 와 있었다고 하는데, 잔느 모로는 마일스 데이비스와 함께 샴페인을 마시고 익살스러운 사진을 촬영해 이날의 기억을 소중한 추억으로 남겨 두었습니다. 음악을 들어 보면 12월의 차가운 새벽 안개 감촉과 샴페인이 자아낸 몽롱한 취기를 쉽게 상상할 수 있죠.

이 곡이 쓰인 원작의 제목이 '사형대'라는 불길한 키워드를 포함하고 있다는 사실을 아는 관객에게 〈버닝〉에서 이것만큼 무시무시하게 느껴지는 메타포가 있을까요. 아니, 삽입곡에 대한 정보를 모르는 관객들에게도 그 의도는 전해졌을 겁니다. 마일스 데이비스의 트럼펫 연주가 그 서늘한 기운을 충분히 전달하고 있기 때문입니다.

은유가 사라진 시대에 은유로 말하는 영화. 효율적인 방식으로 정답만을 찾으려는 세상 속에 다시금 예술을 회복시키고자 하는 영화. 칸 영화제 황금종려상 국내 첫 수상의 영광이 〈버닝〉에 먼저 주어졌다고 해도 저는 전혀 놀라지 않았을 것입니다.

Interviewee. 허연

연세대학교 경영대학원에서 경영학 석사학위를, 경희대학교에서 경영학 박사학위를 받았다. 경희대학교 경영대학원 겸임교수, 한국조직경영개발학회 상임이사, 피터 드러커 소사이어티 연구개발·교육 담당이사, 뉴패러다임인스티튜트 부사장 등을 역임했다. 2015년 경희대학교 장영철 교수와 함께 재즈의 혁신성으로부터 얻은 경영학적 인사이트에 관한 『피터 드러커, 재즈처럼 혁신하라』를 썼다.

취하기 위해서는 버려야 한다

음악에 붙여진 이름들은 부르기에 매력적이지만 모호하게 느껴지는 경우가 있죠. 힙합, 로큰롤, 펑크, 부기우기, 살사, 왈츠… 만지다, 맛보다, 가까이 다가서다, 마음을 움직인다는 뜻을 지닌 라틴어 'tangere'에서 유래되었다고 알려진 탱고처럼 그 어원이 분명한 경우도 있지만, 어원에 대한 가설이 수두룩해 무엇이 진실인지 파악하기 어려운 음악도 많습니다. 재즈 역시 어원으로 추정되는 단어들이 꽤 많아요. 재즈의 어원을 연구한 피터 태모니가 정리한 바에 따르면 사냥, 추적, 전투 등의 의미를 지니고 있는 'chass', 'chase'에서 비롯되었다는 가설도 있고, 19세기 중반 흑인들이 성관계를 뜻하는 은어로 말하던 'jass'에서 비롯되었다는 가설도 있더군요.

상황이 이렇다 보니 사람들은 음악을 다른 이름으로 치환하기를 즐기는 것 같습니다. 힙합은 '자유'와 '꿈'의 음악으로, 록은 '저항'과 전복'의 음악으로, 플라멩코는 '정열'과 '방랑'의 음악으로,

그리고 재즈는 '창조'와 '혁신'의 음악이라고 말이에요.

여기, 재즈의 혁신성을 통해 경영학을 탐구하는 경영학자가 있습니다. 경영학 구루 피터 드러커의 철학을 연구하는 단체 '피터 드러커 소사이어티'를 중심으로 다양한 조직에서 활동하고 있는 경영학자 허연 박사가 그 주인공입니다.

재즈 애호가인 허연 박사는 피터 드러커의 경영학을 탐구하던 도중 '피터 드러커도 재즈를 좋아하지 않았을까' 하는 호기심에 사로잡혔다고 합니다. 피터 드러커가 뉴욕 베닝턴 대학과 뉴욕대 교수로서 활발히 활동한 1940~1960년대에는 뉴욕의 재즈 문화가 전성기를 맞고 있던 시점이었기 때문이죠. 재즈에 대한 피터 드러커의 이해나 선호도를 알 수 있는 자료가 극히 적어 진실을 파악할 수는 없었지만, 적어도 그는 피터 드러커가 강조하는 '혁신'이 재즈의 정신에 깃들어 있는 혁신성과 일치한다는 점에 주목했습니다. 그러한 관점에서 발간한 책이 『피터 드러커, 재즈처럼 혁신하라』입니다.

이 책은 발간 당시 다양한 기업 리더들로부터 주목받았습니다. 풀무원홀딩스 총괄사장 남승우는 "피터 드러커 경영 철학의 근간이라 할 수 있는 혁신에 대해 너무나 분명하고 명쾌한 해석을 내린 책"이라고 평했고, 삼성인력개발원 신태균 부원장은 "즉흥연주는 연주자의 농익은 시간의 축적이 필요한 힘겨운 자기창조의 과정이라는 재즈평론가의 시각을 혁신과 연결해 설명한 저자의 탁월한 통찰력에 감탄을 느낀다"고 밝혔습니다. 이 책에 대한 이야기가 궁금해서, 저도 허연 박사님과 대화를 나누었습니다.

안녕하세요, 허연 박사님. 경희대 장영철 교수님과 함께 쓰신 『피터 드러커, 재즈처럼 혁신하라』를 재미있게 읽었습니다. 책에 대한 반응이 좋은 것 같은데 어떤가요.

책을 읽은 경영학 교수님들이나 기업 리더들로부터 좋은 피드백을 받았습니다. 몇몇 기업이나 단체의 요청으로 재즈 밴드의 라이브 연주를 들으면서 중간중간 책의 내용을 설명하는 팀티칭 방식의 강의를 한 즐거운 경험도 있었고요. 책을 쓸 당시에는 경희대 경영대학원에서 혁신을 가르치고 있었는데 당시 많은 학생들을 재즈 마니아로 만들기도 했죠.

재즈 분야에 몸담고 있는 사람들에게도 많은 가르침을 주는 책이었어요. 독자들 중에 재즈 뮤지션도 있었나요?

적지 않은 재즈 뮤지션들께서 큰 관심을 보여 주셨어요. 재즈가 경영학과 접목될 수 있다는 사실에 놀란 분들이 많았습니다. 고맙게도 저의 관점에 동의해 주시고 도움 말씀도 많이 해 주셨습니다.

바로 책 이야기로 들어가 볼까요. 이 책은 경영 환경에서의 기업 혁신을 위해 재즈 밴드가 지닌 특성이 필요하다고 강조합니다. 경영 분야와 재즈 분야 양쪽에 모두 큰 영감을 주는 관점이라고 보이는데요.
오랫동안 바람직한 조직의 메타포로서 오케스트라가 언급되었습니다. 오케스트라를 경영의 메타포로 활용할 때 초점은 지휘자에 맞춰지죠. 몇몇 경우를 제외하고 대부분의 오케스트라는 수직적 지휘 체계에 의해 움직이며, 연주자는 지휘자에 의해 허락된 범위 내에서 또는 지시된 방식으로 악보를 연주합니다. 모든 구성원들에게 역할과 책임이 분명히 주어지고, 엄격한 규칙과 통제를 받는다는 점에서 관료적 특징을 지닌다고 할 수 있죠.
그런데 오늘날의 전형적인 재즈 밴드에서는 오케스트라 지휘자의 역할이 존재하지 않습니다. 굳이 표현하자면 재즈 밴드에서는 누구나 리더이며 동시에 누구도 리더가 아닐 수 있습니다. 또 하나 흥미로운 사실은, 오케스트라 연주가 해석된 것을 연주하는 작업이라면 재즈 연주는 해석과 연주가 동시에 일어나는 작업이라는 점입니다. 재즈 연주자는 악보라는 형식에 얽매이지 않고 곡을 스스로 해석해서 직관대로 연주하지요.

피터 드러커 역시 그러한 재즈 밴드의 특성에 관심을 갖고 있었다는 사실을 책에서 소개해 주셨지요.

저는 경영학의 아버지인 피터 드러커가 '조직의 메타포로서 재즈 밴드'를 어떻게 생각했을지 궁금했어요. 더욱이 드러커가 뉴욕대 교수로 있던 시절, 마일스 데이비스가 재즈에서 혁신적인 시도를 활발히 하고 있었던 만큼 드러커도 재즈계를 눈여겨보았을 거라 확신했고요. 하지만 막상 책을 쓰기 시작했을 땐 확실한 답을 찾지 못해 책 제목을 임시로 '피터 드러커는 재즈를 좋아했을까'로

정하기도 했어요. 이후 미국 〈와이어드〉 잡지와 진행한 1996년 인터뷰에서 드러커가 새로운 경영 환경에 적응하기 위한 대기업 리더들의 역할에 대한 질문에 이렇게 답한 것을 찾았죠.

"지금 당장 제시할 수 있는 경영 모델은 오페라다. 오페라의 지휘자는 솔로이스트, 합창단, 발레, 오케스트라 등 서로 다른 다양한 그룹을 통제함으로써 원하는 하모니를 만들어 낸다. 그러나 그들 모두는 공통의 악보를 갖고 있다. 오늘날 우리가 점점 더 많이 논의하는 주제인 다양화된 조직은 연주와 동시에 작곡을 요구한다. 따라서 그들에게 필요한 것은 훌륭한 재즈 밴드다."

책에서 언급하신 재즈 밴드의 여러 요소들 중 '역동적 상호작용'의 속성이 기업 환경에 시사하는 의미가 인상적이었어요. 자세한 설명을 해 주신다면요.

재즈 즉흥연주에서 연주자들은 번갈아 솔로 연주를 펼치는 '트레이드'를 선보입니다. 이런 연주 방식에서는 모든 연주자가 솔로잉과 서포팅의 역할을 함께 수행하죠. 예를 들어 피아니스트가 솔로 연주를 할 때 다른 연주자는 자신의 악기 소리를 낮춥니다. 잠시 후 솔로잉을 하던 피아니스트는 그 역할을 다른 연주자에게 넘기고 기꺼이 서포팅 역할을 수행하죠.

이렇듯 연주자들 간에 이루어지는 '역동적 상호작용(dynamic interplay)'의 개념은 기업 환경에도 그대로 적용 가능합니다. 어떤 과업을 수행할 때 가장 중요한 역할을 하는 사람이 항상 위계상 가장 높은 사람일 필요는 없겠죠. 과업의 특성이나 처해진 환경에 따라 팀장이 될 수도 있고 대리가 될 수도 있지 않겠어요? 그가 누구건 가장 중요한 역할을 맡은 사람은 자신이 가진 역량을 최대한 발휘할 수 있도록 주도적으로 솔로잉의 역할을 수행하고 동료들은 서포팅 역할을 충실히 하는 것, 즉 재즈 밴드에서 보여지는 역동적 상호작용의 형태가 결국 기업 조직에서 말하는 팀워크의 진정한 모습이 아닐까 합니다.

재즈 밴드의 형태에서 오늘날 기업에 필요한 조직 문화를 발견하는 것처럼, 이 책은 재즈를 경영학적으로, 경영학을 재즈적으로 고찰하고 있습니다. 그중에서도 재즈에서 가장 중요한 요소인 즉흥성과 자율성에 관한 이야기들이 흥미로웠습니다. 우선 즉흥성을 경영학적으로 어떻게 해석할 수 있을까요?

재즈와 혁신의 공통분모를 찾고자 경영학의 관점에서 즉흥성을 분해하고 재구성하는 작업을 반복하면서 깊은 울림을 받은 것 중하나는, 즉흥연주가 결코 즉흥적으로 만들어지지 않는다는 것입니다. 재즈평론가 김현준 님의 비유처럼 즉흥연주는 '농익은 시간의 축적이 필요한 힘겨운 창조 과정'입니다. 그래서 재즈는 아는 만큼 연주하고, 아는 만큼 들리는 음악이라고 하죠. 피터 드러커 또한 혁신을 '번뜩이는 천재성의 결과가 아닌 지루하고 고된 작업의 결과물'로 규정했죠. 즉흥연주가 이미 행해진 음악에 대한 성찰과 오랜 기간의 창조적인 행위를 수반하는 것처럼, 혁신 또한 농익은 시간의 축적과 힘겨운 노력이 동반되는 훈련된 상상력의 결과라 할 수 있습니다.

즉흥성과 관련해 소개해 주신 피터 드러커의 경영학적 개념 중 개인적으로 가장 흥미로웠던 건 '체계적 폐기'였습니다. 즉 기존의 성공 방정식이나 시스템을 어떻게 저장하고 축적하고 전수해 나갈 것인가에 대한 문제가 아니라, 그것들을 어떻게 버리고 삭제해 나갈 것인가에 대한 화두를 제시하는 개념이지요. 재즈 연주에서든 기업 경영에서든 성공적인 성과를 위해 필수적으로 견지해야 할 태도이지만 그만큼 실행하기 어려운 과제이기도 합니다.

기업과 마찬가지로 재즈 연주자 역시 이전과 다른 새로운 것을 창조해야 하는 부담감이나, 이미 썼던 방식을 다시 쓰고자 하는 유혹에 노출되어 있습니다. 이를 극복하기 위해 연주자들은 기존과 다르게 연주하기 위해 자기성찰과 자기혁신의 과정을 반복하죠. 즉 즉흥연주는 이미 행해진 것에 대한 성찰과 그동안 체득된 것을 버리는 행위를 동시에 전제합니다. '취하는 것'과 '버리는 것'은 다른 이름의 같은 행위이며, 결국 혁신의 행위는 취하기 위해 버려야 하는 폐기의 과정이라 말할 수 있는 것이죠. 피터 드러커는 이러한 폐기의 과정이 체계적으로 이루어져야 한다는 의미에서 체계적 폐기(systematic abandonment)라는 용어를 제시했던 것이고요. 마일스 데이비스가 언젠가 허비 행콕에게 이렇게 말했죠. "내가 왜 발라드를 더 이상 연주하지 않는지 자네는 아는가? 그것은 발

라드 연주하는 것을 너무 좋아하기 때문이네." 정말 소름 돋게 멋
진 말이죠.

**자율성에 대한 논의로 넘어가 볼까요. 재즈 역사의 초창기 루이 암스
트롱에 의해 즉흥연주가 형식을 갖기 시작한 이후, 자율성은 즉흥연
주를 가능하게 하는 전제가 되어 왔죠. 박사님은 책에서 재즈 역사
의 획기적인 전환점을 마련한 음반으로 마일스 데이비스의《카인드
오브 블루Kind Of Blue》를 소개하며 최소한의 구조가 만들어 내는
최대한의 자율성을 설명하셨는데요, 피터 드러커는 자율성을 어떻
게 바라보았나요?**

왜 마일스 데이비스는《카인드 오브 블루》작업 당시 연주자들에
게 곡에 대한 어떤 사전 정보도 주지 않았고, 악보는 왜 그렇게 간
단히 만들었으며, 왜 리허설도 없이 바로 녹음에 들어갔을까요?
그는 훈련된 상상력으로 무장된 거장들이 최대의 즉흥성을 발휘

하려면 최소의 개입이 필요함을 잘 알고 있었던 것입니다.

피터 드러커는 자율성이 근로자의 생산성을 결정짓는 중요한 요소임을 오래전에 간파했습니다. '경영은 사람에 관한 것'이며, 모든 조직의 진정한 자산은 오직 '인간'이란 관점을 일관되게 유지해 온 그는 직원을 다른 자원과 달리 인격과 시민정신을 가진 존재이자, 업무량과 업무의 질을 스스로 통제할 능력을 가진 존재로 바라봤죠.

현재 많은 조직에서 활용하는 목표관리(Management By Objectives, MBO)는 1954년 피터 드러커의 저서 『경영의 실제』에서 처음 제시된 개념입니다. 이 책에서 드러커는 MBO의 핵심이 근로자 스스로 자기 목표를 결정하는 자율성이라고 강조하기도 했습니다.

박사님의 말씀이 혁신을 고민하고 있는 많은 분에게 큰 영감이 될 것 같습니다. 마지막으로 재즈에서 혁신에 대한 배움을 얻고자 하는 분

들에게 한 말씀 부탁드립니다.

탐구하는 자세로 재즈를 들여다볼 때 주목해야 할 것은 무엇보다 재즈의 정신이라고 말하고 싶습니다. 재즈의 생명력은 '재즈 정신'에 있습니다. 무수히 많은 재즈 뮤지션들이 늘 경청하고 받아들이고 존중하는 태도를 견지하면서 동시에 규정된 틀과 정해진 관습, 익숙한 연주 방식을 거부했습니다. 이렇게 새로운 길을 개척함으로써 재즈 역사의 새로운 지평을 열어 왔습니다. 재즈 정신은 곧 혁신의 정신입니다. 여러분이 속한 조직에서도 재즈 정신이 필요한지 고민해 보시길 권장합니다.

"Sometimes it's worse to win a fight
than to lose."

Billie Holiday

"때로는 싸움에서
이기는 것이
지는 것보다 나쁘다."

빌리 홀리데이

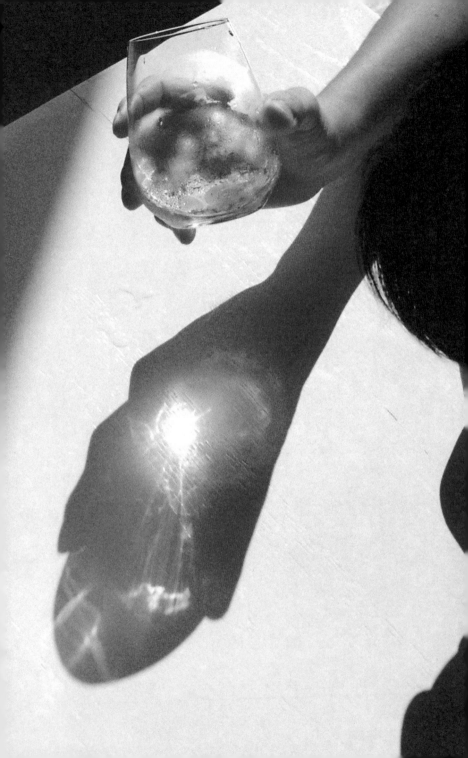

환상 속에서 진실을 발견하는 법

티 없이 맑았던 때로만 간직해 둔 어린 시절의 불편한 진실에 대해 생각한 건 제가 기억 몇 가지를 떠올리고 나서였습니다. 여덟 살 때쯤의 일입니다. 친구들과 편을 나누어 게임을 하고 있었는데 저와 같은 편이던 친구가 우리 쪽에 유리하도록 거짓말을 했죠. 같은 편이었지만 얼굴색 하나 변하지 않고 사실과 다른 말을 하는 친구가 낯설었던 저는 그 뒤로 그와 잘 놀지 않게 되었습니다.

또 다른 기억 속 모습의 주인공은 다름 아닌 저입니다. 화단에서 개미를 구경하던 당시의 저는 친구들보다 앞장서서 흙을 파내고 물웅덩이를 만들고는 주변의 개미들을 모두 잡아 그곳에 빠트렸습니다. 그건 그냥 놀이였습니다. 저는 그 놀이에 '개미 수영장'이라는 이름을 붙였죠. 물에 빠진 개미의 움직임이 서서히 멎는 것을 보면서 놀던 그때의 저는 무슨 생각을 하고 있었을까요.

이 기억들은 제가 어린 시절 친구들과 즐겁게 놀던 시절을 그리워할 때면 불현듯 떠올라 마음을 멈칫하게 만듭니다. 순진무구

하게 재미를 추구하는 유희의 순간에 나타나는, 마냥 순수하다고
도 마냥 나쁘다고도 할 수 없는 인간의 복잡한 본성을 우리는 어
떻게 이해해야 할까요. 넷플릭스 오리지널 시리즈로 방영된 황동
혁 감독의 작품 〈오징어 게임〉은 바로 이런 인간의 아이러니를 테
마로 삼은 작품입니다.

어린이들에게만 허락되었다고 생각했던 놀이터에 456명의 어
른들이 서 있습니다. 저마다의 이유로 최악의 위기에 빠져 있는 이
들의 사정은 하나같이 곤궁합니다. 이들이 이곳에 온 이유는 단
하나. 게임에서 한 명이 탈락할 때마다 1억씩, 총 456억 원의 상금
이 단 한 명의 승자에게 주어지는 의문의 서바이벌 게임에 참여하
기 위해서입니다. 이곳에서 탈락은 곧 사망을 의미합니다. 정체를
알 수 없는 주최측에 고용된 진행요원들은 탈락자들이 발생할 때
마다 일말의 망설임 없이 총으로 그들의 숨통을 끊습니다.

그야말로 목숨 걸고 도전해야 하는 시리즈 속 게임이 더욱 불

쾌하게 느껴지는 이유는 게임의 종목이라는 것들이 좀처럼 생명의 무게에 걸맞지 않기 때문이겠죠. '무궁화 꽃이 피었습니다', '뽑기', '줄다리기', '구슬치기', '오징어 게임' 등 누구나 어린 시절 친구들과 가볍게 즐겼을 법한 놀이가 참가자들에게는 자신의 모든 것을 걸어야 하는 절체절명의 도박이 되어 버린 것입니다.

〈오징어 게임〉의 세계에서는 자연스럽게 아이들이 지닌 성질과 어른들이 지닌 성질을 대비하거나 비교하도록 만듭니다. 놀이 대 도박, 우정 대 경쟁심, 동심 대 탐욕. 양쪽에 놓인 두 항은 얼핏 대비되는 것처럼 보이지만 완전히 반대되는 것이라고 잘라 말하기 어렵죠. 제 어린 시절의 불편한 기억들처럼, 마냥 순수했던 것 같은 유년기에도 승리를 위해 혹은 단지 재미를 위해 반칙이나 폭력을 사용했던 순간들이 존재하기 마련이고, 반대로 어른이 되어 겪게 되는 각박한 사회생활에도 참된 우정과 사랑을 확인할 수 있는 감동적인 순간들이 찾아오니까요.

JAZZ
「Fly Me To The Moon」
작곡·작사: 바트 하워드
노래: 신주원

즉 〈오징어 게임〉은 어린이와 어른의 존재를 대비시킴으로써 오히려 그 경계를 무너뜨리고, 그 대신 인간에 대한 질문을 던집니다. 인간은 어떤 존재인가? 인간에게 가치란 절대적인가, 상대적인가? 인류 보편의 절대가치는 존재하는가? 인간의 순수함과 불순함은 무엇으로 구분될 수 있는가? 이를테면, 1번 참가자이자 이 게임의 비밀을 쥐고 있는 오일남(오영수 분)이 추구하는 '재미'란 순수한가 혹은 불순한가?

무엇 하나 선뜻 명쾌한 대답을 내어 놓기 어려운 질문들이 관객의 마음을 불편하게 만드는 동안에도 〈오징어 게임〉은 시치미를 떼고 무자비한 드라마를 이어 갑니다. 그 과정에서 관객들의 정신을 더욱 혼란스럽게 만드는 재즈 곡이 들려옵니다. 바로 「플라이 미 투 더 문Fly Me To The Moon」입니다.

🎧

Fly me to the moon

Let me play among the stars

Let me see what spring is like

On Jupiter and Mars

In other words, hold my hand

In other words, baby, kiss me

나를 달로 날아가게 해 주세요

저 별들 사이에서 놀 수 있게 해 주세요

내게 보여 주세요

목성과 화성의 봄이 어떤지

다시 말하자면, 내 손을 잡아 주세요

다시 말하자면, 내 사랑, 키스해 주세요.

Fill my heart with song

And let me sing forever more

You are all I long for

All I worship and adore

In other words, please be true

In other words, I love you

나의 마음을 노래로 채워 주세요

영원보다 더 오래 노래하게 해 주세요

그대는 내가 그리워하고

찬미하고 애정하는 모든 것이죠

다시 말하자면, 진실해 주세요

다시 말하자면, 그대를 사랑해요

「플라이 미 투 더 문」은 세계적으로 가장 잘 알려진 재즈 곡 중 하나죠. 1절의 가사에 잘 드러나듯 이 곡은 이상적인 사랑을 바라는 순진무구한 연인의 심정이 담긴 노래입니다. 노래의 화자는 달나라에 날아가 별들 사이에서 뛰놀며 목성과 화성에 도착한 봄의 풍경을 감상하고 싶어 하네요. 지금 자신이 느끼는 사랑에 비유할 만한 것을 지구상에서는 도저히 찾을 수 없는 모양입니다. 그래서 한 번도 가 본 적 없지만 무한하고 신비로운 우주의 아름다움으로 자신의 사랑을 설명해 봅니다. 하지만 그것도 영 충분하지 않은 것일까요. 그는 그냥 솔직하게 말하기로 합니다. 내 손을 잡아 달라고, 내게 키스해 달라고.

2절에서 그는 더 솔직해졌습니다. 영원을 넘어 "영원보다 더 오래" 노래하게 해 달라는 가사에서 사랑이 영영 끝나지 않기를 바라는 마음이 드러나죠. 혹시 자신의 마음을 모를까 봐 결국 "사랑해요"라고 말하고 마는 이의 마음은 너무나도 순진무구해서 귀엽기까지 합니다.

20년 동안 무명 작곡가였던 바트 하워드가 단 20분 만에 작곡했다고 알려진 이 곡은 사랑스러운 가사와 멜로디에 반한 유명 가수들이 앞다투어 부르기 시작하면서 금세 인기를 얻었죠. 특히 프랭크 시나트라가 부르고 카운트 베이시가 연주한 버전이 큰 사랑을 받았습니다. 그 곡이 실린 음반 《잇 마잇 애즈 웰 비 스윙It Might As Well Be Swing》의 프로듀서를 맡은 퀸시 존스가 3/4박자의 왈츠 풍 원곡을 4/4박자의 스윙 풍으로 편곡한 것이 대중의 마음을 사로잡은 것입니다. 또 이 곡은 나사의 아폴로 10호가 미션을 완수했다는 소식을 세상에 알릴 때 쓰인 공식 배경음악이자, 아폴로 11호를 타고 달에 착륙한 비행사가 카세트 플레이어로 재생한 '달에서 흐른 최초의 음악'이기도 합니다. 인류가 꿈꿔 온 가장 극적인 환상을 이루는 순간, 지구를 넘어 우주에서 울려 퍼진 음악이죠.

〈오징어 게임〉에서 들려오는 「플라이 미 투 더 문」이 생경하게 느껴졌을 수도 있습니다. 사람들이 죽어 나가는 마당에 사랑을 노래하는 재즈 곡이라니. 하지만 이 곡을 비슷한 맥락에서 사용했던 영화가 떠오른 저는 선곡의 배경을 이해할 것 같았습니다. 바로 올리브 스톤 감독의 1987년 영화 〈월 스트리트〉입니다. 부와 성공에 대한 욕망으로 부정을 저지르는 금융가의 검은 범죄를 다룬 대표적인 작품이죠. 금융회사에서 일하는 평범한 증권브로커 버드 폭스(찰리 신 분)가 월가의 악명 높은 큰손 고든 게코(마이클 더글라스 분)와 함께하게 되면서 펼쳐지는 일들을 통해 부와 성공에 대한 인간의 욕망이 어떻게 탄생하고, 어떤 순간에 오염되고, 끝내는 어떻게 몰락하는지를 추적해 나가는 영화입니다.

이 영화는 뉴욕 월 스트리트를 빽빽하게 메운 금융회사 빌딩들을 오랫동안 보여 주는 장면으로 시작하는데요, 바로 이때 흐르는 음악이 프랭크 시나트라가 부르는 「플라이 미 투 더 문」입니다.

뉴욕 빌딩 외벽의 단단하고 삭막한 질감과, 영원한 사랑을 노래하는 프랭크 시나트라의 부드럽고 달콤한 음성. 완전히 다른 성질들이 부딪치며 만들어 내는 부조화를 극단적으로 활용한 이 장면은 이 영화가 전하고자 하는 주제를 효과적으로 암시하죠.

가사를 생각하며 그 장면을 보고 있으면, 부와 성공에 대한 꿈이 마치 '영원보다 더 오래' 지속되는 사랑을 꿈꾸는 사람의 마음과 닮아 있는 것처럼 느껴집니다. 책이나 비석의 첫머리에 적히는 제언처럼, 영화의 첫 번째 순간에 실린 이 곡은 마치 이렇게 경고하는 것 같죠. 돈을 많이 벌면 달나라로 날아가 별들 사이에서 뛰놀며 목성과 화성의 봄 풍경을 즐길 수 있을 것이라는 믿음은 환상일 수 있다는 것. In other words, 그러니까 다시 말하자면, 그 순수한 믿음이 끝까지 순수한 상태로 남을 수 있도록 어두운 유혹에 넘어가거나 타락하지 말라는 것.

〈오징어 게임〉 이야기로 돌아와 보죠. 이 작품은 정재일 음악

감독이 선보인 범상치 않은 음악 연출로도 큰 주목을 받았죠. 학창시절 음악 시간에 다들 한 번씩 다뤘을 법한 리코더, 소고, 캐스터네츠 같은 악기들의 연주를 내세운 「웨이 백 덴Way Back Then」, 분홍색 제복을 입은 진행요원들이 등장할 때 주로 흐르는 「핑크 솔저스Pink Soldiers」와 같은 오리지널 스코어들은 작품의 세계관을 인상적으로 뒷받침하고, 요제프 하이든의 「트럼펫 콘체르토 Trumpet Concerto」나, 리하르트 슈트라우스의 「아름답고 푸른 도나우An der schönen blauen Donau」 같은 우아한 클래식 음악들은 상류층의 유희 문화를 풍자하는 작품의 주제의식을 강조해 주죠.

「플라이 미 투 더 문」은 앞서 언급한 모든 곡들을 뒤로하고, 가장 이질적인 음악으로 주목을 받은 유일한 재즈 곡입니다. 총 아홉 개의 에피소드로 진행되는 〈오징어 게임〉에서 단 두 번 등장하지만, 전 회차에서 가장 충격적인 드라마가 발생하는 부분에 삽입되고 의도 또한 매우 특징적이라 눈여겨볼 필요가 있습니다.

이 곡이 등장하는 두 번째 순간은 작품의 결말을 예상할 수 있는 내용과 연관되어 있으므로 말을 아끼기로 하고, 첫 번째 순간만 살펴보죠. 참가자들이 룰을 정확히 알지 못한 채 시작한 첫 번째 게임 '무궁화 꽃이 피었습니다'에서 대거 탈락자가 발생하는 순간 말입니다. 술래가 돌아보았을 때 몸을 조금이라도 움직인 이들은 낙심할 틈도 없이 정확히 날아오는 총알에 고꾸라집니다. 참가자들은 물론 관객들도 다 함께 경악에 빠져 있는 이때, 극 속의 누군가가 리모콘을 눌러 음악을 재생합니다. 'JAZZ'라는 글자가 적혀 있는 클럽 모양의 주크박스 안에서 보컬리스트, 피아니스트, 드러머, 색소포니스트 인형들은 지극히 평온한 얼굴로 「플라이 미 투 더 문」을 노래하고 연주합니다.

이 범상치 않은 음악 연출은 정재일 음악감독이 아닌 황동혁 감독에 의해 이루어진 것으로 알려졌습니다. 그는 직접 「플라이 미 투 더 문」을 선곡하고, 정재일 음악감독에게 다른 어떤 곡보

다도 이 곡의 편곡 작업을 가장 먼저 진행해 달라고 요청했다고
하죠. 보컬리스트 신주원의 노래와 함께 완성된 〈오징어 게임〉표
「플라이 미 투 더 문」은 환상적인 미래를 갈망하는 낭만적인 가사
의 메시지를 통해 돈과 성공을 좇으며 불안 없는 미래를 꿈꾸는
인간의 헛된 욕망을 상기시킬 뿐만 아니라, 뉴욕 월가의 삭막한
건물 풍경과 대비를 이루었던 장면과는 비교할 수 없을 정도로 끔
찍하고 잔인한 살육의 풍경과 대비를 이루는 방식으로 작품의 메
시지를 전합니다.

환상은 진실을 은폐합니다. 너무 눈이 부셔서 어둠을 보지 못
하게 하죠. 「플라이 미 투 더 문」처럼 아름다운 음악을 들으면서
정신을 바짝 차리기란 정말 어려울지도 모르지만, 어둠이 없는 빛
은 환상이라는 것, 그 자체를 알아차리는 것만으로도 진실을 응시
할 가능성은 높아집니다.

리듬을 타면 비로소 이해되는 것

별생각 없이 외출에 나섰다가 최근 문을 열었다는 한 소품숍에 들렀습니다. 나이 들면서 꼭 필요한 것들은 대부분 갖고 있다 보니 그런 곳에서 마음 설레는 물건을 만나는 일은 자주 일어나지 않더라고요. 하지만 그날은 한 액자 앞에서 마음을 빼앗겼습니다. 1947년 12월에 파리에서 열렸던 앙리 마티스의 '재즈' 전시회 포스터를 담은 작은 액자. 눈치 빠른 직원이 다가와 피에르 베레스 갤러리에서 전시된 버전의 포스터라고 설명해 주며 천천히 지갑을 열게 만들더군요.

액자를 집으로 가지고 와서 들여다보다가 앙리 마티스가 이 작품 시리즈에 왜 '재즈'라는 이름을 붙였는지 의아했습니다. 그동안은 궁금하지 않았던 일입니다. 재즈와 직접적인 관련이 없어 보이는 이 이미지들의 이름이 왜 '재즈'일까요? 저는 바다 건너 도착한 마티스의 화집 『재즈』의 페이지 한 장 한 장을 천천히 넘겨 보면서 그가 이 작업과 함께한 시간을 상상해 보기로 했습니다.

화가 앙리 마티스

20세기 초 야수주의라고 번역되는 포비즘을 창시한 앙리 마티스는 불행하게도 70대 중반부터 그림을 그리지 못하게 됐습니다. 지독한 관절염 때문이었죠. 길고 큰 붓으로 대형 작품을 주로 작업하던 마티스에게 관절염이란 그야말로 재앙이었을 겁니다. 팔에 붓을 묶어 그림을 그리려고도 시도해 보았다는데 그것도 한 순간일 뿐 지속적인 작업을 하기에는 무리였다고 해요.

이가 없으면 잇몸으로 산다더니, 마티스는 포기하지 않았습니다. 그는 붓으로 그림을 그려야 한다는 인식에서 벗어나 완전히 다른 도구를 선택했습니다. 바로 가위입니다. 그는 물과 고무를 섞어 만든 불투명한 물감인 과슈로 채색된 종이를 가위로 오려 붙이는 방식으로 작업했는데요, 그만의 이러한 콜라주 기법은 '컷아웃' 혹은 '과슈 데쿠페'라 불리며 그의 경력을 새롭게 전환시켰습니다. 그는 가위로 종이를 오리는 작업이 마치 조각처럼 느껴진다면서, 가위로 하는 작업이 매우 감각적인 행위라고 이야기하곤 했습니다. 붓을 들지 못해 울며 겨자 먹기로 찾은 차선책이었을 뿐인데 아이러니하게도 그동안 닫혀 있던 또 다른 예술적 감각이 열린 것입니다.

1943년부터 약 4년간 진행된 마티스의 콜라주 작업들은 1947년 '재즈'라는 이름의 작품집으로 묶여 세상에 발표됩니다. 병으로 고통받는 노화가의 에너지라고 보기 어려운, 뜨거운 생명력과 순수한 열정으로 빛나는 작품들입니다. 마티스가 타히티와 모로코 등을 여행하면서 접한 서커스·연극·자연 풍광에서 얻은 영감을 표현한 작품들이라는 점 때문에 작품집 제목으로 '서커스'가 언급되기도 했답니다. 하지만 이 작품들이 서커스나 연극뿐 아니라 더 넓은 의미에서 리듬이나 율동감을 다루고 있다는 점, 색종이를 가위로 오리는 작업에서 발현되는 즉흥성이 평소 마티스가 즐겨 듣는 재즈의 성질과 유사하다는 점에서 작품집의 제목을 '재즈'로 정했다고 합니다.

상당히 많은 양의 레코드를 수집했다는 사실 정도 말고는 마티스가 재즈를 얼마나 좋아하는가에 대해 구체적으로 전해지는 이야기가 많지 않습니다. 하지만 재즈 악기나 뮤지션을 직접적으로 다루지 않는 작업임에도 불구하고 오로지 리듬과 즉흥성을 중심에 두었다는 이유만으로 본인의 과슈 데쿠페 작품들에 '재즈'라 이름 붙인 것만 봐도 그가 얼마나 재즈의 본질을 잘 이해하고 있었는지 알 수 있습니다.

마티스의 화집 『재즈』의 마지막 장을 덮고 나서, 저는 미술계에서 새로운 사조들을 창시했던 또 다른 화가들의 이름들을 떠올렸습니다. 그들도 모두 재즈를 사랑했던 화가들이었습니다.

화가 피에트 몬드리안

20세기 미술의 또 다른 선구자, 피에트 몬드리안 역시 말년의 새로운 경력을 재즈의 영향 아래 시작한 화가입니다.

그는 조금이라도 복잡하거나 너저분해 보이는 것을 병적으로 싫어하는 유별난 성격으로 유명했죠. 네덜란드 기독교 가정에서 자라며 익힌 금욕적인 생활 방식, 예술가라기보다는 학자나 군인처럼 보인다는 말을 듣곤 했던 외모, 최소한의 가구만 놓인 아틀리에까지, 생활 속 모든 요소를 엄격하게 관리했던 그는 회화 작업에서도 극단적으로 엄격한 원칙과 질서를 강조하며 신조형주의의 탄생을 이끌었습니다. 수평선과 수직선을 황금분할로 교차시키고, 그렇게 형성된 면 안에 빨강, 노랑, 파랑으로만 이루어진 삼원색을 채우는 작업이 그에게는 무엇보다도 중요했죠.

하지만 몬드리안의 나이가 60대 후반이었던 1940년, 그에게 새로운 자극이 찾아왔습니다. 제2차 세계대전을 계기로 유럽의 예술가들이 줄지어 미국으로 망명하던 때, 그 역시 미국 뉴욕에

도착했습니다. 그간 유럽의 전통적인 도시 디자인에 익숙했던 그는 우선 사각형으로만 구획된 뉴욕의 도시 디자인과 고층 빌딩들이 자아낸 스카이라인을 접하며 예술적인 희열을 느꼈다고 합니다. 또 페기 구겐하임에서 벌어진 한 파티에서 뉴욕의 정통 재즈를 접한 이후 뉴욕의 재즈 문화에 심취했죠. 청년 시절 엄숙하게 생활할 때에도 댄스홀에서 스윙 음악에 맞추어 춤추는 것을 유일한 취미로 삼았을 만큼 음악과 춤을 사랑했던 그였기에, 뉴욕 본토 재즈의 강렬한 자극을 피할 수 없었겠죠.

당시 맨해튼에 위치한 재즈 클럽 '밀턴 플레이하우스'에서는 새벽 세 시부터 프리스타일 프로그램이 진행되었는데, 몬드리안은 끝까지 남아 있는 열성 관객 중 한 명이었습니다. 하루가 멀다 하고 클럽을 찾던 몬드리안은 그 무대의 메인 뮤지션이었던 델로니어스 몽크와 친분을 맺으며 서로의 예술에 대한 의견을 교류하기도 했죠.

뉴욕이라는 도시와 재즈로부터 얻은 영감은 곧장 그의 작품에서 그 모습을 드러냈습니다. 1943년에 발표한 〈브로드웨이 부기우기〉와 1944년 발표한 〈빅토리 부기우기〉가 그 주인공들입니다. 그의 작품 세계를 잘 알고 있던 비평가들은 뉴욕에서 발표된 이 작품들의 새로운 경향에 주목하며 앞다투어 원인을 분석하기도 했습니다. 몬드리안의 전성기 작품들이 공유하고 있는 절대적 원칙에는 변함이 없었습니다. 기하학적 선과 도형 그리고 고채도의 삼원색은 여전히 그의 작품을 지탱하는 중요한 요소였죠. 하지만 전통적인 물감과 붓을 표현 도구로 삼았던 기존 방식과 달리 뉴욕의 몬드리안은 컬러가 인쇄된 종이테이프를 활용한 콜라주 작업을 선보이기도 했고, 캔버스의 여백을 적극적으로 활용해 단순함을 추구했던 과거와 달리 선과 면의 요소를 훨씬 복잡한 형태로 교차시키고 분할해 더욱 정교한 리듬감을 표현하기도 했습니다.

뉴욕으로 이주한 지 4년 만에 폐렴으로 생을 마감한 몬드리안. 짧은 시간이었지만 이 시기에 그의 화가 인생에서 가장 독특한 작업들이 탄생했다는 것을 생각해 보면 뉴욕이라는 도시와 재즈라는 음악이 그에게 미친 영향이 얼마나 강렬했는지 잘 알 수 있습니다. 뉴욕 현대미술관은 〈브로드웨이 부기우기〉를 비롯해 그의 작품을 여러 점 소장함으로써 뉴욕을 사랑했던 몬드리안에게 경의를 표하고 있습니다.

20세기 미국에서 시작된 추상표현주의를 감상하는 데에도 재즈에 대한 이해는 필수입니다. 액션 페인팅 작업으로 추상표현주의를 이끈 잭슨 폴록이 재즈에 대한 사랑을 자신의 작품에 표현하고 있기 때문입니다.

잭슨 폴록은 재즈를 "이 나라에서 일어나는 유일한 창조적인 일"이라고 말했을 만큼 평소 재즈의 창조성을 높이 평가했습니다.

화가 잭슨 폴록

뉴욕의 재즈 클럽 '파이브 스팟 카페'의 단골 손님이었고 찰리 파커, 듀크 엘링턴, 카운트 베이시, 루이 암스트롱, 엘라 피츠제럴드 등 비밥 뮤지션들의 공연을 즐겼다고 하죠. 그림 작업을 할 때면 작업실에 자신이 수집한 재즈 레코드를 틀어 놓고 몇 날 며칠 틀어박혀 있기로 유명했고요. 바닥에 커다란 캔버스를 깔고 재즈 리듬에 맞추어 페인트를 붓고 흩뿌리는 모습은 그 자체로 엄청난 볼거리라 〈라이프〉 지를 비롯해 당대 저명한 언론사들의 취재가 끊이지 않았습니다.

잭슨 폴록이라는 작가와 재즈의 연관성을 모르더라도 그의 작품을 재즈에 빗대어 이해하는 데 무리는 없습니다. 자유로운 형식, 에너지 넘치는 템포, 우연이 만들어 내는 조화를 받아들이는 방식 등 재즈를 설명할 때 동원되는 표현을 고스란히 잭슨 폴록의 그림을 묘사하는 말로 쓸 수 있을 만큼 그 둘은 미학적으로 닮아 있기 때문입니다.

재즈 뮤지션들이 잭슨 폴록의 작품을 애틋하게 여기는 것도 당연하다 느껴집니다. 극단적으로 즉흥성을 추구하는 프리 재즈 장르의 창시자 오넷 콜맨은 폴록의 작품에 심취했던 대표적인 뮤지션입니다. 폴록이 타계하고 2년 뒤에 데뷔한 그는 비록 폴록과 직접 교류하지는 않았지만 그가 남긴 작품들의 존재만으로도 큰 위로를 얻고 1960년 발표한 기념비적인 음반《프리 재즈Free Jazz》표지에 폴록의 작품〈화이트 라이트〉를 싣기도 했죠.

2006년 잭슨 폴록의 특별전을 찾은 오넷 콜맨을 취재한〈뉴욕옵저버〉(현〈옵저버〉) 지는 오넷 콜맨이 잭슨 폴록의 작품〈무제(그린 실버)〉를 보면서 취재기자와 나눈 대화를 이렇게 전했습니다.

"이건 무작위로 막 그린 게 아니에요. 폴록은 자신이
하고 있는 게 뭔지, 어디서 끝내야 하는지 알고 있어요."
"마치 당신의 음악처럼 말이죠?"

"글쎄요, 음악과 닮은 거죠. 단지 내 음악하고만 비슷한 게 아니라."

추상화를 구체적인 개념으로 설명하긴 어렵습니다. 아니, 어쩌면 애초에 불가능한 일일지도 모릅니다. 추상화를 그리는 작가 스스로 이미 명확한 형태를 거부하고, 정확하게 규정할 수 없는 이미지를 그려 내기로 선택했으니까요. 작품이 무엇을 지시하는지 찾으려는 시도 자체가 난센스일지도 모릅니다. 잭슨 폴록의 그림처럼 추상화 작품의 제목들이 주로 무제 혹은 일련번호로만 붙여지는 경향 역시 관객들이 작품을 실제 존재하는 특정 대상과 연관짓지 못하길 원하는 작가의 의도를 반영하는 징표입니다.

잭슨 폴록과 함께 추상표현주의를 이끈 프란츠 클라인 역시 작품의 의미를 궁금해하는 관람객에게 이렇게 답한 적이 있습니다. "루이 암스트롱이 자신의 트럼펫 연주를 듣고 의미를 궁금해하는 관객에게 했던 말로 답변을 대신할게요. '형제여, 이해가 안 간다면 내가 설명할 길은 없어요.(Brother, if you don't get it, there is no way I can tell you.)"

그럼에도 불구하고 추상화의 세계와 친해지고 싶다면, 잭슨 폴록의 다음 답변이 도움이 될 수 있겠습니다. 너무나 간단해서 실천에 옮기기는 어렵지 않을 것 같군요.

"그저 즐기면 됩니다. 음악을 즐기듯이요.(I think it should be enjoyed just as music is enjoyed.)"

10월

"Don't play the saxophone.
Let it play you."

Charlie Parker

"색소폰을 연주하지 말라.
색소폰이 당신을
연주하게 하라."

찰리 파커

내가 아닌 다른 사람이 되고 싶을 때

'자기다움'이 중요하다고들 말합니다. 자기가 자기로서 살아가는 것은 너무나 당연한 일이라 의식할 필요가 없을 것 같은데도 사람들은 '나답게 사는 법'을 깨우치기 위해 기나긴 고민에 빠지곤 하죠. 그런데 반대로 생각해 보면 어떨까요. 내가 아닌 다른 사람이 되고 싶을 때. 바로 그 순간으로부터 진짜 내가 누구인지 이해해 보는 거죠.

이는 이란의 영화감독 압바스 키아로스타미의 영화에서 종종 발견할 수 있는 주제의식이기도 합니다. 칸 황금종려상 등 주요 국제 영화제 수상에 빛나는 작품들을 다수 연출한 그는 장 뤽 고다르, 구로사와 아키라 등 선구적인 영화감독들의 존경을 받은 시네아스트(cineaste)죠. 그중 〈사랑에 빠진 것처럼〉에 관한 이야기를 해 보려 합니다. 2016년 타계한 그가 투병 생활 중에 봤던 24개의 풍경들을 재현해 모은 실험영화 〈24 프레임〉을 제외하면, 극영화로서는 그의 마지막 작품입니다.

압바스 키아로스타미 〈사랑에 빠진 것처럼〉 (2012)

    도쿄를 배경으로 만들어진 이 영화에는 세 명의 주요 인물이 등장합니다. 고급 바에서 콜걸로 일하는 20대 여대생 아키코(타카나시 린 분), 어느 날 밤 아키코를 자신의 집으로 부른 84세의 남자 대학교수 타카시 와타나베(오쿠노 타다시 분), 그리고 아키코의 그러한 돈벌이 방식을 몰랐던 남자친구 노리아키(카세 료 분).

    아키코가 자신을 호출한 고객의 집에 찾아가기 위해 택시를 타는 장면으로 영화는 시작합니다. 때마침 확인한 휴대전화 음성 사서함에는 할머니가 남긴 메시지가 있습니다. 할머니는 아키코가 콜걸로 일하는 내용이 담긴 접대용 스티커를 발견했다고 말합니다. 하지만 여전히 아키코가 정숙한 생활을 하고 있을 것이라 믿는다며 역 앞에서 만나자고 하네요. 아키코는 택시를 탄 채 역 앞에서 자신을 기다리고 있는 할머니 주변을 맴돌며 망설이다가, 끝내 내리지 않고 고객의 집으로 향합니다.

    이후 아키코를 부른 고객이 80세가 넘은 백발의 노교수라는 사실이 드러났을 때, 방금 전 손녀딸을 애달프게 기다리던 할머니가 떠오른 건 저만이 아니겠죠. 모두가 할머니의 마음이 되어 아키코에게 벌어질 일을 걱정스럽게 지켜보고 있을 때, 아키코는 노교수와 편안한 분위기에서 대화를 나누다가 혼자 침대에서 잠들어 버리고 맙니다. 물론 아키코가 잠들기 전에 정사가 있었고 그 장면이 생략되었을 뿐이라고도 이해할 수 있지만, 적어도 영화에는 정사 장면이 전혀 등장하지 않습니다. 영화가 보여 주는 만큼만 믿고 받아들인다면, 20대 대학생과의 정사를 기대하며 돈을 지불했을 타카시가 보인 행동은 (성을 매매한 사람에게 가당치 않은 표현이지만) 제법 점잖습니다. 그는 아키코가 잠든 방의 조명을 끄고 혼자 소파에서 잠들었을 뿐입니다.

일반적인 매매춘과는 조금 다르게 전개된 이 상황을 통해, 영화는 다음과 같은 내용을 관객들에게 설득시켜 보려는 것 같습니다. 우선 아키코는 매춘으로 돈을 번다는 사실을 숨기며 사는 데

따른 무의식적인 두려움과 걱정하는 할머니를 두고 왔다는 죄책감을, 한 할아버지와의 편안한 대화로 떨쳐내고 안도감을 느꼈다는 것. 그리고 오래전에 아내와 사별한 노교수 타카시는 노년의 고독함을 아키코와의 대화를 통해 잠시 잊을 수 있었다는 것.

영화의 플롯은 이튿날 노교수가 자신의 차로 아키코를 학교에 데려다주던 중 아키코의 남자친구인 노리아키를 마주치면서 크게 전환됩니다. 서로를 지키기 위한 타카시와 아키코의 거짓된 변명과, 진실을 알고자 하는 노리아키의 폭력적인 집착이 맞서는 상황. 압바스 키아로스타미는 사랑의 거짓과 진실에 대한 특유의 작가적인 시선으로 이야기를 이어 갑니다. 그리고 이 이야기의 끝에는 엘라 피츠제럴드가 노래하는 「라이크 썸원 인 러브Like Someone In Love」가 흐릅니다.

JAZZ
「Like Someone In Love」
작곡: 지미 반 휴센
작사: 조니 버크
노래: 엘라 피츠제럴드

　지미 반 휴센이 작곡하고 조니 버크가 작사한 「라이크 썸원 인 러브」는 원래 뮤지컬 코미디 영화 〈벨 오브 더 유콘〉에 삽입된 사운드트랙 중 하나입니다. 19세기 캐나다 북서부 유콘 지역으로 10만 명의 광부가 이주했던 골드러시 시대를 배경으로 만들어진 이 영화에는 극중 인물로 출연하기도 한 다이나 쇼어가 직접 노래한 「라이크 썸원 인 러브」가 삽입되어 있죠. 이 곡은 당시 아카데미 어워드의 주제가상과 음악상 후보에 오를 정도로 큰 사랑을 받았고, 프랭크 시나트라, 엘라 피츠제럴드, 빌 에반스, 아트 파머, 쳇 베이커, 다이애나 크롤, 사라 본, 비요크 등 수많은 뮤지션들이 노래하거나 연주하면서 아메리칸 송북을 대표하는 스탠더드 곡 중 하나가 되었습니다.

Like Someone in Love

A film by Abbas Kiarostami

Lately I find myself out gazing at stars

Hearing guitars like someone in love

Sometimes the things I do astound me

Mostly whenever you're around me

요즘 난 별을 쳐다보고 있는 내 자신을 발견해요

마치 사랑에 빠진 사람처럼 기타 소리를 들으면서요

때론 내가 하는 행동들이 날 놀래키죠

당신이 제 곁에 있을 때 하는 행동들 말이에요

Lately I seem to walk as though I had wings

Bump into things like someone in love

Each time I look at you, I'm limp as a glove

Feeling like someone in love

요즘 난 날개를 단 것처럼 걸어다녀요

마치 사랑에 빠진 사람처럼 어딘가에 부딪히면서요

당신을 볼 때마다 난 장갑 한쪽처럼 바보 같아지죠

마치 사랑에 빠진 사람 같은 기분을 느껴요

노래 속 화자는 자신의 마음을 마치 사랑에 빠진 사람의 마음 같다고 돌려 말합니다. 마치 사랑에 빠진 사람처럼 기타 소리를 듣기도 하고 좋아하는 사람을 떠올리느라 정신이 팔렸는지 어딘가에 부딪히기도 합니다. '나는 사랑에 빠졌다'고 확언할 법도 한데 아직은 쑥스러운 걸까요. 사랑에 빠진 어떤 사람처럼 구는 중이라고 에둘러 표현할 뿐입니다.

영화 〈사랑에 빠진 것처럼〉의 원제도 「라이크 썸원 인 러브」의 노래 제목과 똑같습니다. 그만큼 이 노래와 영화의 주제가 밀접하다고 생각하게 됩니다. 압바스 키아로스타미의 영화 세계에 익숙한 사람이라면, 그가 이 곡을 인용한 이유가 단지 사랑을 고백하는 수줍은 마음 때문이 아니라는 것을 잘 알 것입니다. 아마도 그는 'like'라는 영어 표현, 즉 '마치 ~와 같이', '마치 ~처럼' 등으로 번역되는 표현 속 모방의 성질에 무게를 두었을 가능성이 크겠죠.

이미 그는 〈사랑을 카피하다〉를 통해 두 남녀의 역할 놀이 속에서 사랑의 진실과 거짓의 경계가 허물어지는 미스터리한 로맨스를 연출한 바 있습니다. 줄거리는 이렇습니다. 한 영국 작가(윌리엄 쉬멜 분)가 자신이 출간한 『기막힌 복제품』 강연을 위해 이탈리아에 방문했다가 해당 책의 애독자인 프랑스 여인(줄리엣 비노쉬 분)을 만나게 됩니다. 마음이 통한 그들은 즉흥적으로 투스카니의 시골로 여행을 떠나는데, 어느 순간부터 이들은 마치 가면무도회에서 역할을 부여받은 듯 갑자기 부부인 것처럼 대화를 나누기 시작합니다. 이들이 너무나 태연한 나머지 관객들은 처음 만난 사람들이 부부인 것처럼 역할 놀이를 하고 있는 것인지, 아니면 원래 부부인 사람들이 처음 만난 사이인 척 역할 놀이를 했던 것인지 헷갈릴 지경입니다.

이 작품보다 20년도 더 전에 제작된 〈클로즈업〉에서 압바스 키아로스타미는 훨씬 더 대담한 역할극을 다루죠. 한 괴짜 영화

광이 어느 가족에게 자신이 이란의 유명한 영화감독인 모흐센 마흐말바프라고 사칭하면서 벌인 실화를 기반으로, 실제 사칭을 저지른 인물을 주인공으로 출연시키면서까지 말입니다. 아마도 그는 사람들이 있는 그대로의 모습으로 살아갈 때보다 어떤 대상을 흉내 내거나 모방하고자 할 때 그 사람의 욕망과 진실이 더 잘 드러난다고 믿는 것 같아요.

〈사랑에 빠진 것처럼〉에서도 누군가를 가장하고 흉내 내는 것에 대한 감독의 관심이 이어집니다. 아키코의 매춘부 생활 자체가 돈을 지불한 고객에게 마치 연인처럼 다정하게 굴고 육체적인 관계까지 맺어야 하는 대표적인 역할극 기반의 일이지요. 이 역할극으로 인연을 맺은 노교수 타카시와 아키코의 관계 안에 또 다른 역할극들이 지속적으로 벌어집니다. 아키코가 타카시를 처음 만나 대화를 나눌 때 지인들로부터 일본의 서양화가 야자키 치요지의 그림 〈교무〉에 나오는 여자를 닮았다는 말을 듣는다면서 그림 속 여자를 흉내 내는 장면이라든지, 아키코와 타카시가 자신들의 관계를 노리아키에게 숨기기 위해 손녀와 할아버지처럼 구는 장면들에서 말이죠.

생각해 보면 우리는 조금씩 자신의 삶 속에서 악의라고도 할 수 없고 선의라고도 할 수 없는 기이한 역할극을 수행하죠. 원하지 않는 요청을 거절하느라 갑자기 매우 바쁜 것처럼 연기할 수도 있고, 직업을 알아맞혀 보겠다면서 오답을 말한 택시기사의 기분을 맞춰 주기 위해 맞다고 해 줄 수도 있을 것입니다. 사랑에 빠지지 않았지만, 너무 외로워서 사랑에 빠진 것처럼 굴 수도 있겠죠. 당신은 어떤 때에 다른 사람이 된 것처럼 구나요? 어쩌면 그 순간 진짜 나의 마음과 마주하게 될지도 모르겠습니다.

좋아하는 것들을 하나로 연결하는 힘

　야외에서 시간을 보내기에 적당한 계절이 찾아오면 재즈 팬들은 신이 납니다. 봄이나 가을의 선선한 바람이 느껴지는 탁 트인 객석에 앉아 라이브 재즈 음악을 즐길 수 있는 페스티벌이 도처에서 열리기 때문입니다. 재즈 음악을 자연 풍경이나 먹거리와 함께 가볍게 즐길 수 있어서인지 해가 갈수록 더 많은 사람들이 재즈 페스티벌을 찾는 것 같습니다. 비싼 와인을 시켜야 할 것 같은 고급 재즈 클럽에서처럼 위축되지 않는 곳, 낯선 음악 용어나 뮤지션 이름을 잘 몰라도 재즈 음악의 분위기 그 자체를 즐길 수 있는 자리니까요.

　한국에서는 2004년부터 열린 자라섬재즈페스티벌을 시작으로 서울재즈페스티벌, 대구국제재즈축제, 해운대재즈페스티벌, 서울숲재즈페스티벌 등 다양한 지역과 콘셉트를 기반으로 한 재즈 페스티벌들이 사랑받고 있는데요. 이 재즈 페스티벌의 문화가 가장 발전한 곳은 단연 유럽입니다. 재즈의 본고장인 미국 뉴올리언

빌리사우재즈페스티벌

스나 뉴욕과 비교했을 때, 유럽은 인구밀도가 높지 않고 오래전부터 휴양 문화가 발달해 있죠. 그래서 아마도 복잡한 도심에서 매일 밤마다 짧게 열리는 재즈 클럽 공연보다는 자연 경관이 아름다운 곳에서 날씨가 좋은 며칠 동안 공연을 충분히 즐길 수 있는 재즈 페스티벌이 발전할 수 있었던 것 같아요.

그중에서도 스위스는 재즈 페스티벌 선진국입니다. 캐나다에서 열리는 몬트리올국제재즈페스티벌에 이어 세계에서 두 번째로 큰 규모인 몽트뢰재즈페스티벌이 스위스 제네바 호반 도시인 몽트뢰에서 1967년부터 개최되고, 그 외에도 크고 작은 지역에서 오랜 연혁을 지닌 재즈 페스티벌들이 꾸준히 관심과 사랑을 받아 왔죠.

그중에 하나, 조금 독특한 아이덴티티를 가지고 있는 재즈 페스티벌이 있습니다. 바로 루체른 주에 위치한 빌리사우에서 열리는 빌리사우재즈페스티벌입니다. 일반적인 재즈 페스티벌이 지역

시각디자이너 니클라우스 트록슬러

자치단체와 공연 전문가들에 의해 기획되는 것과 다르게, 이 페스티벌은 공연 기획과는 전혀 무관한 20대 청년에 의해 기획되었습니다. 그 주인공은 오늘날 세계적인 시각디자이너로 존경받고 있는 니클라우스 트록슬러입니다.

니클라우스 트록슬러는 1947년 빌리사우에서 태어나 자랐습니다. 루체른 대학교에서 시각디자인을 공부하고 졸업한 뒤 곧바로 프랑스 파리에서 아트디렉터 일을 맡느라 잠시 빌리사우를 떠나 있기도 했지만, 그 기간은 그의 삶에서 아주 잠깐이었죠. 그는 곧바로 고향으로 돌아와 자신의 스튜디오를 설립해 디자이너로 활동함과 동시에 빌리사우 지역에서 재즈 페스티벌을 개최하겠다는 포부를 실천에 옮겼습니다. 그 꿈은 그가 어릴 때부터 좋아해 온 재즈 음악이 자신의 고향에도 문화적으로 뿌리 내릴 수 있었으면 하는 바람에서 출발한 것이죠. 수년간 이어진 기획 끝에 1975

년에 비로소 제1회 빌리사우재즈페스티벌을 개최했을 때, 그의 나이는 서른이 채 되지 않았습니다. 그때부터 무려 35년간이나 페스티벌을 이끌고 공식 포스터를 직접 디자인하기까지 했으니, 니클라우스 트록슬러는 그야말로 자신의 삶 상당 부분을 재즈 페스티벌에 바친 것이나 다름없습니다.

빌리사우재즈페스티벌 외에도 포스터 디자인 분야에서 그의 존재감은 남다릅니다. 무려 500개 이상의 음악 축제와 예술 및 디자인 전시 포스터가 그의 손에서 탄생했습니다. 그 포스터들은 뉴욕 현대미술관을 비롯해 도야마 현대미술관, 함부르크 예술산업박물관, 독일 에센 포스터박물관, 암스테르담 슈테델릭 박물관에 전시될 만큼 작품성을 인정받고 있죠. 무엇보다도 지금까지 인구 8000명을 한 번도 넘겨 본 적이 없는, 그야말로 한적한 시골 마을에 불과한 빌리사우에서 국제적인 재즈 페스티벌이 개최되고 주목받을 수 있었던 것이 니클라우스 트록슬러의 기획력과 포스터 디자인 덕분이라고 말하는 사람도 많습니다.

니클라우스 트록슬러의 작업이 주목받는 이유는 무엇일까요. 그것은 음악과 디자인이라는 두 영역을 서로 결합할 수 없는 독립적인 영역으로 여기지 않고 적극적으로 결합시키며 차별화된 성취를 이뤄 온 데 있다고 저는 생각합니다.

그는 체계적인 디자인 교육을 받았지만 언제나 음악에서 가장 많은 영감을 얻는다고 강조하는 디자이너입니다. 자신이 매혹당한 재즈의 리듬과 즉흥성을 디자인이라는 형식으로 시각화하는 것이 그가 작업하는 방식이라고요. 음악으로부터 받은 영감의 흔적은 그의 디자인에 선명히 살아 있죠. 채도 높은 컬러로 만드는 강렬한 대비, 루이 암스트롱이나 델로니어스 몽크의 연주처럼 장난스러워 보이는 일러스트레이션, 마치 즉흥연주 속 음표들처럼 자유롭게 움직이는 듯한 독특한 타이포그래피를 보면 재즈 음악이 들리는 듯합니다.

그의 작품 중에서 가장 좋아하는 작품을 고르라면, 저는 그가 빌리사우재즈페스티벌을 개최하기 훨씬 이전에 작업했던 1968년 마르셀 베르나스코니 쿼텟의 공연 포스터를 고를 것 같아요. 공연 정보를 적은 텍스트를 제외하면 'JAZZ'의 철자를 불규칙하게 배치했을 뿐인 아주 단순한 포스터이지만, 그렇게 단순한 아이디어를 채택했다는 점에서 더 마음이 갑니다. 그가 재즈라는 음악이 지닌 그 자체의 존재감을 얼마나 신뢰했는지 느낄 수 있기 때문입니다.

니클라우스 트록슬러의 삶과 작업물을 들여다보고 있으면 '자기다움'에 대해 생각하게 됩니다. 그는 자신이 태어난 고향에서, 자신이 좋아하는 재즈 라이브 공연을, 자신의 디자인으로 감쌌습니다. 온전히 자기 자신에 충실했을 뿐이지만 그의 개인적인 애향심과 취향 덕분에 스위스의 재즈 문화와 시각디자인의 수준은 한

단계 끌어올려졌습니다. 이는 자기 표현의 시대, 콘텐츠의 시대, 문화의 시대를 살아가는 우리가 가장 바라는, 하지만 쉽게 달성하기 어려운 이상적인 결과이기도 합니다.

청년 니클라우스 트록슬러에게 재즈가 그러했듯, 지금 당신에게 전부인 것은 무엇인가요? 혹시 삶의 방향을 잃어버린 채 어디서부터 출발할지 모르겠다면, 방금 마음 속에 떠오른 그 단어들에서 출발하는 것도 좋은 방법일 수 있습니다. 사소하더라도 내가 좋아하는 것들을 연결해 보고, 쌓아 보고, 모아 보는 것. 그 속에서 내가 평생 지내고 싶은 세계가 탄생하지 않을까요.

11월

"Don't play everything or every time;
let some things go by.
What you don't play can be more important
than what you do."

Thelonious Monk

"모든 것을
매번 연주하지 말고
몇몇은 그냥 지나쳐라.
연주하지 않는 것이
연주하는 것보다 중요하다."

델로니어스 몽크

정답을 알아도
'글쎄요'라고 말하는 마음

소설가를 꿈꾸는 사람을 한 명 압니다. 어릴 때부터 책을 좋아했던 그는 언젠가 자기 이름으로 된 소설을 발표하는 게 소망이었죠. 소설가 대신 국어교사가 되어 청년과 중년의 시간을 다 보내고 은퇴한 지금, 여전히 그 꿈을 품고 있는 것을 주변 사람들은 알고 있습니다. "이제 정말 소설 한번 써 보지 그래요"라는 말을 들은 그의 대답이 제법 확신에 차 있던 때도 있었던 것 같습니다. "그럼요, 당연히 그럴 거예요." 하지만 언젠가부터 조금씩 흐릿해지던 그의 말끝은 어느덧 저에게 이렇게 들려옵니다. "글쎄요, 잘 모르겠어요."

정말 모르는 걸까요. 아닐 겁니다. 다만 무언가가 그의 대답을 망설이게 하는 거겠죠. 끝없이 이어지는 집안일, 자녀의 미래를 염려하는 일, 노쇠한 부모를 밤낮으로 보살피는 일… 어쩌면 누구보다 간절하게 그가 바라고 있을 오랜 꿈은, 벗어날 수 없는 삶의 굴레에 갇혀 있는지도 모르겠습니다.

FILM
왕가위 〈화양연화〉 (2000)

정답을 알고 있고, 스스로도 원하지만, 살다 보면 이렇게 모르는 척하게 될 때가 있는 것 같아요. 저는 그럴 때 영화 한 편이 떠오릅니다. 왕가위의 〈화양연화〉 말입니다.

지금으로부터 20여 년 전, 왕가위 감독이 양조위와 장만옥과 함께 신작 〈화양연화〉의 프리미어 상영을 위해 서울을 찾았습니다. 당시 영화잡지 〈키노〉의 편집장을 맡고 있던 정성일 평론가는 상영 전 마이크를 잡고 이렇게 소개했다죠. "이 영화를 본 영화 관계자들의 반응은 두 가지였습니다. 하나는 도저히 영화의 내용을 따라갈 수가 없다는 것이었고, 또 하나는 왕가위 감독의 영화 중 최고의 걸작이라는 것입니다."

말 그대로입니다. 〈화양연화〉는 관객들에게 많은 물음표를 남긴 작품이자, 동시에 어떤 영화도 받은 적 없는 호평으로 개봉 직후부터 뜨거운 반응을 얻었죠. 왕가위 감독을 세계적인 스타 감독으로 만든 이 작품은 21세기는 물론 영화사 전체에서 최고의 영화를 꼽는 주요 설문마다 상위권을 차지해 왔습니다.

이 작품이 영화 미학의 측면에서 거둔 성과 중 하나는 전통적으로 스토리텔링이 강조되어 왔던 영화 내러티브의 중심을 '이야기'가 아닌 '이미지'로 옮기는 시도에 성공했다는 것입니다. 왕가위가 텍스트를 다루는 시나리오 작가로서 영화계에 입문했다는 점에서 그 실험은 더욱 신선하게 느껴졌죠.

그의 의도는 〈화양연화〉의 영어 제목인 〈In The Mood For Love〉에서도 잘 드러납니다. 이 영화를 관통하는 키워드가 바로 무드, 즉 분위기라고 말하고 있으니까요.

실제로 〈화양연화〉는 다른 영화들에서 비중 있게 보여 줄 만한 '스토리'의 구체적 묘사를 과감히 생략하고 그 공백에 대한 판단과 상상을 관객들에게 온전히 맡겨 버립니다. 그 대신 온 에너지를 다해 이 영화가 전하고자 하는 사랑의 분위기를 전하죠. 슬로우모션으로 담아내는 여인의 요염한 걸음걸이, 클로즈업으로 비추는 남자의 쓸쓸한 표정, 어둠 속에서 피어오르는 하얀 담배 연기, 집안 장식품에 새겨진 각양각색의 꽃무늬들, 낡은 호텔에 걸린 새빨간 커튼과 짙은 녹색의 벽지… 평소엔 이야기를 이해하는 데 전혀 도움이 되지 않는 주변의 장식들이 이 영화에서는 작품의 중심에서 강렬한 존재감을 드러냅니다.

왕가위는 음악을 다루는 방식도 남다른 감독이지요. 영화를 위한 음악을 작곡하기도 하지만 기성곡을 사용하는 경우가 많고, 음악 헌정 영상 혹은 뮤직비디오를 만들고 싶었던 게 아닌가 의심이 갈 정도로 곡 전체를 길게 삽입하거나 반복해서 사용하는 경향이 강합니다. 〈화양연화〉의 대표적인 사운드트랙으로 유명한 우메바야시 시게루의 「유메지스 테마Yumeji's Theme」는 영화 속에서 아홉 번이나 사용되었죠.

「유메지스 테마」가 처음 흐르는 순간은 아파트 거주민들이 마작을 하며 휴식하는 공간에서 첸 부인(장만옥 분)이 자신의 남편 옆자리를 차우(양조위 분)의 부인에게 잠시 내어 주는 장면입니다. 그 이후로 잊을 만하면 흐르는 이 곡과 함께 차우의 배우자와 첸 부인의 배우자가 벌이는 불륜은 과감해지고 그로 인해 두 주인공의 상처도 깊어져 가죠. 처음에는 배우자의 불륜 문제를 해결하기 위해 대화를 시작했던 차우와 첸 부인도 점점 심상치 않게 가까워집니다.

불륜을 저지른 배우자들에게 상처받은 차우와 첸 부인을 가엽게 여기게 된 관객들이 그들의 새로운 관계를 응원하게 될 무렵, 첸 부인이 라디오를 듣다가 출장을 떠난 남편이 자신의 생일을 축하하기 위해 신청한 노래 「화양연화花樣年華」를 듣게 되는 장면이 등장합니다. 그 후 이 영화 속에서 거의 10분에 한 번씩 흐르던 주제가 「유메지스 테마」는 영화의 엔드 크레딧이 등장하기 전

JAZZ
「Quizás Quizás Quizás」
작곡·작사: 오스발도 파레스
노래: 냇 킹 콜

까지 오랫동안 사라져 버립니다. 그리고 그 빈 자리를 메우는 음

악이 새로 등장하죠. 바로 냇 킹 콜이 부르는 「키사스 키사스 키

사스Quizás Quizás Quizás」입니다.

🎧

Siempre que te pregunto

Que, cuándo, cómo y dónde

Tu siempre me respondes

Quizás, quizás, quizás

난 항상 당신에게 묻죠

언제, 어떻게, 어디서요?

그댄 항상 내게 대답하죠

글쎄요, 글쎄요, 글쎄요

스페인어로 'Quizás'란 확실히 대답할 수 없을 때 하는 말이라고 해요. 조 데이비스가 번안한 영어 버전의 노래 제목이 「퍼햅스 퍼햅스 퍼햅스Perhaps Perhaps Perhaps」인 것을 보아도 알 수 있듯이, 우리말로는 '아마도' 혹은 '글쎄요'로 번역될 수 있죠. 사랑의 유통기한, 사랑의 방식, 사랑의 장소를 궁금해하는 연인에게 노래 속 '그대'는 한 번도 확답을 주지 않습니다. 수많은 날들이 지나가면서 노래 속 화자는 절망에 빠져 가지만 돌아오는 대답은 늘 똑같습니다.

도무지 알 수 없는 연인의 마음으로 상심한 이들을 위로하는 이 노래는 쿠바 뮤지션 오스발도 파레스가 쿠바의 영부인이었던 메리 타레로 세라노의 이야기로부터 영감을 받아 지었다고 알려져 있습니다. 1947년 미국 뮤지션 바비 카포가 발표한 이후 안드레아 보첼리, 냇 킹 콜 등 수많은 뮤지션들이 부르면서 세계적으로 사랑받아 왔죠.

이 곡은 〈화양연화〉 속에서 총 세 번, 모양은 다르지만 결국 같은 순간에 흐릅니다. 차우와 첸 부인이 서로 엇갈리며 만나지 못하는 순간들에서 말이죠. 처음은 차우가 홍콩을 떠나 싱가포르로 떠나기로 결심한 후입니다. 그는 자신들에게 닥친 이 복잡한 문제를 해결하기 위해서는 자신이 떠나는 것이 맞다고 판단했지만 막상 비행기에 몸을 싣기 전 전화를 걸어 이렇게 묻습니다. "나요. 티켓이 한 장 더 있다면 나와 같이 가겠소?" 차우의 짧은 음성 이후 냇 킹 콜이 짙은 목소리로 「키사스 키사스 키사스」를 부릅니다. "글쎄요, 글쎄요, 글쎄요." 마치 첸 부인의 모호한 마음을 대신 들려주는 듯한 노래가 흐르는 동안 차우는 첸 부인과 밀회를 나누던 호텔방 2046호에서 기다립니다. 하지만 첸 부인은 끝내 나타나지 않죠. 음악이 완전히 멈추었을 때, 비로소 첸 부인의 음성이 들립니다. "나예요. 내게 자리가 있다면 내게로 올 건가요?" 둘의 음성이 서로에게 잘 전달되었는지, 아니면 그들의 마음 속 목소리에 불과했는지는 알 수 없습니다. 중요한 것은 그들이 서로 원하는 바가 달랐다는 것, 끝내 타협하지 못했다는 것이겠죠.

두 번째로 이 음악이 다시 소환되는 것은 차우가 홍콩을 떠난 지 1년 후 1963년 싱가포르에서입니다. 차우는 자기가 집을 비운 사이 누군가 들어왔다는 낌새에 신경이 곤두서 있습니다. 물건이 사라지기도 하고, 립스틱이 묻은 담배가 재떨이에 남아 있기도 합니다. 관리자에게 물어봐도 모른다는 대답뿐이죠. 별수 없이 집을 비우고 출근하고 나서 카메라가 비춘 그의 빈 집에는 어떻게 요령을 부린 건지 첸 부인이 들어와 있습니다. 첸 부인은 차우의 방 안에 배인 그리운 체취를 맡고, 익숙하게 그의 담배를 꺼내 뭅니다. 그리고 수화기를 들어 그가 일하고 있는 싱가포르 신문사로 전화를 걸죠. 전화를 받은 차우가 "여보세요, 여보세요" 연거푸 묻지만 수화기 너머에서는 아무런 음성도 들리지 않습니다. 그때 또 다시 「키사스 키사스 키사스」가 흐르기 시작합니다. 첸 부인은 대답 없이 또 그의 집을 떠나 버립니다.

　3년이 지난 1966년 홍콩. 아파트를 다시 찾은 첸 부인은 이곳에서 지내던 옛 기억에 울컥한 듯 눈시울을 붉히고 있습니다. 그리고 집 주인에게 다시 한 번 이곳을 대여해 지낼 뜻이 있다는 이야기를 건네죠. 얼마 후 싱가포르에서 홍콩으로 돌아온 차우 역시 아파트를 찾아 관리인에게 인사를 건넵니다. "지금은 누가 살죠?"라는 그의 물음에 관리인은 대답합니다. "글쎄, 인사를 안 해 잘 모르겠지만 애 딸린 여자 하나가 살죠." 차우는 의미를 알 수 없는 옅은 미소를 지은 채 아파트를 나섭니다. 이 장면에 흐르는 음악은 역시 「키사스 키사스 키사스」입니다.

　차우는 그 여자가 첸 부인일 것이라는 걸 눈치챈 걸까요. 미소를 지은 건 다시 볼 수 있겠다는 설렘 때문일까요, 아니면 알면서도 체념한 데서 오는 쓸쓸함 때문일까요. 첸 부인이 마지막에 데리고 있던 아이는 누구의 아이일까요. 차우가 캄보디아의 앙코르와트 사원에서 속삭인 이야기는 무엇일까요. 후반부에 쏟아진 수많은 비밀들이 무엇인지 영화는 끝내 밝히지 않습니다. 오직 엇갈린 운명에 처한 남자와 여자 사이에 흐르는 모호한 분위기만을 진하게 전할 뿐입니다.

Interviewee. 시키 임 (SIKI IM)

뉴욕을 기반으로 활동하고 있는 한국계 패션디자이너다. 독일 쾰른에서
재독교포 2세로 태어난 그는 영국 옥스퍼드 대학에서 건축학을 전공한
후 뉴욕으로 건너가 칼 라거펠트, 헬무트 랭과 같은 세계적인 디자이너
와 함께 일하면서 커리어를 쌓았다. 2009년 자신의 이름을 내건 패션 브
랜드 'SIKI IM'을 론칭했다. 건축의 영향이 느껴지는 조형적인 요소들은
물론 음악, 영화, 문학 등 다양한 문화예술 분야에 대한 탐구를 바탕으로
독자적인 패션 세계를 넓혀 가고 있다.

혼란스러운 삶을 사랑하는 법

패션 모델들이 허리춤에 CD를 액세서리처럼 매달고 런웨이를 걷는 사진들을 보았습니다. 순간 호기심이 생겼죠. 어떤 디자이너 이길래 패션 디자인에 CD를 사용한 걸까. 주인공은 뉴욕을 기반 으로 활동하는 한국계 패션디자이너 시키 임이었습니다.

그의 성장 배경과 이력을 살펴보니 단순하지가 않았습니다. 직 접 경험한 도시도, 문화도, 직업도 정말 다양했죠. 독일 쾰른에서 유년기를 보냈고, 10대에는 하드코어 펑크 밴드 활동을 했고, 20 대에는 영국 옥스퍼드 대학교에서 전공한 건축학을 바탕으로 얼 마간 건축가로 활동했고, 지금은 뉴욕에서 자신의 브랜드를 론칭 해 패션디자이너로 활동하고 있으니까요.

고도의 창의성을 요구하는 여러 분야 안에서 폭넓은 창작 스 펙트럼을 보여 주고 있는 시키 임. 그에게 음악은 어떤 의미를 갖 는지 궁금했습니다. 뉴욕에 거주하는 터라 서면을 통한 대화를 예 상하고 인터뷰를 요청했는데, 마침 그는 서울에 와 있었죠. 한국 패션의 성지 DDP에서 그를 만났습니다.

뉴욕에 계실 줄 알았는데 서울에서 뵙게 되다니 정말 반갑습니다.
가족과 친구들을 보러 짧은 일정으로 왔는데 때마침 연이 닿았네요. 저도 반갑습니다.

뉴욕의 집 사진을 봤는데 바이닐 레코드가 눈에 띄었어요.
열두 살 때부터 사기 시작해서 지금은 500장 이상 있는 것 같아요. 수집의 의미는 아니고 그냥 음악을 좋아하니까 사는 거예요.

어떤 뮤지션의 레코드가 가장 많은가요?
잘 모르겠어요. 사람들은 대체로 음반을 뮤지션 이름순으로 정렬하는 것 같은데 저는 음악의 장르와 음반 커버의 컬러별로 레코드를 정렬하거든요. 음반을 뮤지션 이름보다 장르로 구분하는 게 제게 더 쉽게 느껴지고, 어떤 음반을 기억할 때 그 음반 커버의 색깔을 떠올리는 게 편해요. 그래서 어떤 뮤지션의 것이 가장 많은지는 알기 어렵지만 장르로 말해 보죠. 제일 많은 장르는 재즈, 두 번째는 하드코어 펑크, 세 번째는 힙합이에요. 그렇다고 이게 제가 좋아하는 장르의 순서를 의미하진 않아요. 전 다양한 장르를 골고루 좋아하거든요. 다만 제가 느끼기에 바이닐 레코드로 음악을 들을 땐 특히 재즈가 더 아름답게 들린다고 생각해요. 일렉트로닉은 꼭 바이닐로 듣지 않아도 괜찮잖아요.

다양한 음악 장르를 좋아하시는군요.
어떤 날은 재즈, 어떤 날은 클래식, 어떤 날은 하드코어 펑크를 듣죠. 일할 땐 조용한 일렉트로닉을 듣는 편이고, 여러 장르가 섞인 플레이리스트를 셔플 재생으로 듣는 것도 좋아해요. 모든 음악들이 다 좋아서 하나만 고를 수가 없어요.

재즈와는 어떻게 처음 만났나요?

제가 재즈와 만나게 된 방식은 좀 재밌어요. 하드코어 펑크 음악을 통해 재즈를 만났거든요. 서로 엄청 다른 음악이잖아요. 그런데 저는 그 둘이 비슷하다고 느꼈어요. 10대 시절 독일에서 하드코어 펑크 씬에 속해 있었을 때 매스 록에 매료되어 있었어요. 리듬이 대부분 싱커페이션(저자 주. 한 마디 안에서 센박과 여린박의 규칙이 뒤바뀌는 현상. 흔히 '당김음', '엇박'이라고도 한다.) 요소를 갖고 있고, 7/8박자, 11/8박자, 13/8박자 같은 비표준 박자를 바탕으로 하고 있어서 박자를 정확히 세어야만 음악을 잘 따라갈 수 있죠. 그게 그 음악을 수학적이라고 부르는 이유이기도 하고요. 그런 걸 안 좋아하는 사람들도 많지만 전 그런 점들이 좋았어요. 다른 음악들과 확실히 다르다는 인상을 받았죠. 재즈를 알고 난 후로는 그런 요소들이 재즈적이라고 느끼기도 했고요. 돈 카발레로, 스톰 앤 스트레스 등 주로 시카고를 기반으로 형성된 포스트 하드코어 계열의 밴드 음악들이 절 재즈로 이끌어 줬어요. 재즈를 들었을 때 우선 리듬 면에서 그 밴드들의 음악과 유사하다고 느꼈고, 각 장르를 좋아하는 사람들의 철학과 라이프스타일이 왠지 비슷하다고 생각했죠.

이야기가 재밌어지네요. 처음 구입한 재즈 음반은 무엇이었나요?
아마 존 콜트레인의 《블루 트레인Blue Train》이나 키스 자렛의 《더 쾰른 콘서트The Köln Concert》였을 거예요.

가장 좋아하는 재즈 뮤지션이자 롤 모델이 존 콜트레인이라고 알고 있어요. 처음 만난 재즈 음반의 기억 때문일까요?
모르겠어요. 그냥 존 콜트레인의 음악이 가장 감동적이고 가깝게 느껴져요. 델로니어스 몽크 쿼텟과 연주했던 시절부터 프리 재즈 시절, 그리고 영적 음악에 몰두하던 시절까지, 그의 모든 시대를 사랑해요. 제겐 그의 음악이 하드코어 펑크 음악처럼 다이내믹하게 느껴지기도 하고, 또 피카소의 그림처럼 추상적이고 입체적으로 느껴지기도 해요.

키스 자렛의 《더 퀼른 콘서트》에 관한 감상도 궁금해요.
저는 《더 퀼른 콘서트》의 엄청난 팬이에요. 연주가 정말 부드럽고, 또 음반의 뒷이야기가 감동적이잖아요. 제가 어릴 때 퀼른에서 살았으니까 개인적으로 마음이 가기도 하고요.

맞아요. 독일 퀼른에서 10대 시절을 보내셨죠. 그 이후 영국 옥스퍼드 대학교에서 건축을 공부한 뒤 지금은 미국 뉴욕에서 패션디자이너로 일하고 있어요. 여러 도시에서 보낸 시간들이 삶에 어떤 영향을 미치고 있나요?
되게 혼란스러워요. 누군가 제게 고향이 어디냐고 물으면 뭐라고 답해야 할지 모르겠어요. 조금이라도 고향처럼 느껴지는 곳이 있으면 되는데 그게 없다는 게 제 문제예요. 다양한 장르의 음악을 좋아하는 것도 어쩌면 제게 고향이 없기 때문일지도 모르죠. 슬프기도 하지만 저는 제 삶을 사랑해요. 좋은 점도 있고 나쁜 점도 있는 거죠.

현재 패션디자이너이면서 JVLIVS/ERVING이라는 밴드를 이끄는 뮤지션이기도 하고, 또 과거에는 건축가이기도 했어요. 패션, 음악, 건축 분야를 모두 관통하는 창작의 지향점이 있을까요?
제가 특히 중요하다고 생각하는 건 구조적인 것과 해체적인 것이 공존하며 조화를 이루는 부분이에요. 체계 안에서 자유를 만들어 내고, 리듬과 논리듬이 뒤섞여 있는 것을 좋아해요. 쉽게 예측 가능한 것은 지루하잖아요. 정형화된 팝 뮤직이나 선형적인 플롯 구조를 지닌 영화들도, 심지어 재킷-셔츠-바지로 구성된 패션도 제겐 지루하게 느껴져요. 사람도 마찬가지예요. 한 가지에 치우친 사람보다는 양립하기 어려운 캐릭터를 지닌 사람이 좋아요.

말씀을 듣고 있으니 55년 만에 미발표 곡을 모아 발매된 존 콜트레인의 음반 《보스 디렉션스 앳 원스Both Directions At Once》가 떠오르네요. 동시에 두 방향을 가리킨다는 의미잖아요.
그러네요. 그 제목이 말하는 메시지가 제가 존 콜트레인을 좋아하는 이유이기도 하고 또 제가 추구하는 지향점과 비슷해요.

패션과 음악의 관계로 주제를 좁혀 볼까요. 음악을 좋아하는 패션디자이너는 많겠지만 음악적 모티프를 당신만큼 흥미롭게 가져 오는 패션디자이너는 많이 없는 것 같아요.
저에게 음악은 아주 중요해요. 음악으로부터 디자인의 영감을 가장 많이 받죠. 새로운 작업을 위해 누군가를 인터뷰해야 할 때면 전 항상 좋아하는 음악이 뭔지 물어봐요. 좋아하는 음악을 알고 나면 어떤 사람인지 알 수 있거든요. 예를 들어 빌 에반스를 좋아하는 사람과 돈 체리를 좋아하는 사람은 캐릭터가 완전히 다르죠. 케니 지를 좋아하는 사람과 존 콜트레인을 좋아하는 사람도 아주 다른 유형의 사람일 거예요. 음악과 패션은 서로 직접적으로 영향을 미치는 관계예요. 과학적으로도 패션과 음악이 어떤 사람의 라이프스타일과 정체성을 가장 많이 전달하는 매개체라는 게 입증됐다고 들었어요. 하지만 그 둘이 강한 커넥션을 지니고 있는 요소라고 해서 쉽게 접근하고 싶진 않아요. 어떤 디자이너들은 펑크 뮤직으로부터 영감을 받았다면서 가죽재킷 같은 걸 선보이는 경우가 있는데 그런 방식은 진부하죠. 최대한 조심스럽고 섬세하게 다루려고 노력하고 있어요.

특정 시대의 음악 문화에 관한 패션 작업도 많이 하셨어요.

2015 FW 컬렉션에서는 하드코어 펑크 운동에 관한 디자인과 무대를 선보였어요. 당시 저는 뉴욕의 로어이스트사이드의 젠트리피케이션 현상에 관심이 있었어요. 그 지역은 미국의 하드코어 펑크 음악을 비롯한 창의성 측면에서 아주 상징적인 장소죠. 그래서 전 아티스트 클레이튼 패터슨과 함께 그 지역과 시대정신으로부터 영감을 얻은 모티프로 컬렉션을 꾸몄어요. 쇼를 위해서 유스 오브 투데이, 퀵샌드 등의 밴드에서 활동한 월터 슈라이펠스가 공연을 해 줬죠. 제가 이러한 코드들을 활용한 이유는 특정 시대와 관련된 메시지를 보다 효과적으로 전달하기 위해서였어요. 이 컬렉션 외에도 1970년대 독일 문화를 표현한 적이 있죠. 그때는 캔이나 노이 같은 쾰른 출신 밴드가 만든 크라우트록이라는 실험적인 장르를 모티프로 삼았어요.

CD 레코드를 액세서리 요소로 활용했던 2016 SS 컬렉션도 독특했어요. 이 컬렉션에 담긴 이야기도 궁금해요.

그 작업은 독일에서 보낸 저의 10대 시절에 관한 이야기를 담고 있어요. 모델들도 모두 10대 모델로 선정했죠. 나이가 들어 버린 제가 어릴 때의 시간을 회상하는 거니까 'Youth Museum'이라고 이름 붙였죠. 'Youth'는 젊음과 미래를 상징하고 'Museum'은 늙음과 과거를 상징하잖아요. 그것들이 공존하는 역설적인 느낌을 담고 싶었어요. 제가 어릴 때 CD는 좋아하는 친구에게 들려주고 싶은 메시지를 음악으로 대신 전달하는 편지의 메타포이기도 했어요. 그래서 CD 위에 펜으로 편지 형식의 무언가를 적어 옷에 매달았죠.

음악과 패션 디자인의 관계에 대해 앞으로 보여 주실 또 다른 작업이 기대돼요.

앞으로 디자인할 컬렉션들도 제가 가진 사랑과 음악에 기반을 두
고 있는 작업이 될 거예요. 구체적인 건 비밀이지만, 앞으로 계속
기대해 주세요.

12월

"What we play is life."

Louis Armstrong

"우리가 연주하는 것은
삶이다."

루이 암스트롱

에필로그

누구에게나 재즈의 계절이 찾아온다

재즈를 좋아하고 듣게 된 지 어느덧 15년 정도 되었네요. 재즈에 관한 글을 쓸 때는 물론 새로운 작업을 구상하거나 시나리오를 쓸 때, 자동차나 열차나 비행기에 몸을 실을 때, 설거지를 하거나 청소를 할 때, 일상 속 언제 어디서나 재즈를 듣습니다. 그 숱한 순간들 속에서 저는 자주 황홀하고 행복했지만 때론 외롭고 심심하기도 했습니다. 더 많은 이들과 재즈에 관한 마음을 나누고 싶어서였죠. 누군가 작은 관심이라도 보이면 혹여나 저의 들뜬 표정 때문에 일을 그르칠까 봐 짐짓 태연하게 굴었지만 속으로는 뛸 듯이 반가웠습니다. 그런 일은 흔히 일어나지 않았으니까요.

하지만 최근 심상치 않은 분위기가 느껴집니다. 남들을 따라가는 유행보다는 자기만의 개성을, 수동적으로 부여받는 규칙보다는 스스로 원칙을 세우는 자유를, 계획과 계약으로 얻는 안정적인 삶보다는 어떤 일이 펼쳐질지 모르는 즉흥적인 모험을 기꺼이 선택하는 사람들. 그들의 삶 속에 이전보다 더 많은 순간 재즈가 흐르는 장면을 발견하곤 합니다. 사람들은 이제 자신의 공간에 레코드 플레이어를 두고, 희귀한 바이닐이 모인 레코드 페어나 숍에 들어가기 위해 줄을 서고, 삶에 음악이 필요한 순간 재즈 플레이리스트를 찾아 듣습니다. 소수만 탐닉하는 취향이 아니라, 많은 사람들이 함께 즐기는 풍요로운 재즈의 계절. 그 시간이 정말 가까워진 것 같아요.

1930년대 빅밴드의 스윙 재즈가 미국 전역을 흔들었던 때가 있었죠. 1940년대부터 50년대를 주름잡았던 비밥과 하드밥, 1950년대 말부터 60년대에 유행한 쿨 재즈 역시 대중의 사랑과 관심을 충분히 받은 음악이었습니다. 지금은 재즈보다는 팝이나 힙합이 '메이저 음악'이라 불리지만, 생각해 보면 힙합이 이렇게 주목받은 지도 그리 오래되지는 않았지요. 사람에게도 자신의 존재감을 빛낼 수 있는 기회가 매일 찾아오지는 않듯, 어떤 음악이든 주목을 많이 받는 때가 있고 덜한 때가 있다고 저는 생각합니다. 어느 음악에 대한 관심이 지금 이 순간 높지 않다고 해서 그 음악의 본질적인 가치가 낮다고는 결코 말할 수 없고요. 그래서 저는 언젠가 다시 재즈의 시대가 올 것임을 믿고 있었습니다. 다만 그게 제 생각보다 더 빠르게 진행될지도 모르겠고요.

어쩌면 지금 막 재즈의 계절 초입에 들어섰을 당신을 위해, 제가 재즈를 즐기면서 깨달은 한 가지를 알려 드리고 싶습니다. 지금은 아닐 수 있어도 재즈를 오래 듣다 보면 재즈가 난해한 음악이라고 느껴지는 순간이 반드시 찾아오기 마련이고, 그것이 한편으로는 당연하다는 진실을 말입니다. 그건 재즈가 여러 면에서 자기 모순을 안고 있는 복잡한 음악이기 때문입니다.

재즈의 태생과 성장 과정이 그렇습니다. 재즈는 흑인들의 가스펠과 블루스 음악 문화에서 탄생했기 때문에 그 뿌리엔 기본적으로 인종차별을 당해 온 흑인들의 한과 자유를 향한 갈망이 깊이 배어 있죠. 하지만 그 이후로는 단순히 그러한 맥락으로만 창작되거나 소비되지 않았습니다. 오늘날 대부분의 재즈 뮤지션들은 재즈라는 장르에 구축된 음악적 세계관 안에서 자신의 창의성을 극대화하는 데 관심이 있지, 흑인 인권에 대한 관심을 음악 활동의 주요 원동력으로 삼지는 않습니다. 그건 뮤지션 자신이 흑인이라도 마찬가지죠. 이 책에서 여러 차례 주요하게 다뤘던 마일스 데이비스 역시 자신이 다니던 줄리어드 음대에서 블루스와 재즈를 흑인의 한을 지닌 음악으로 교육하는 체제에 굉장한 불만이 있었습니다. 결국 그는 수업 시간 중 교수에게 이렇게 말했다고 하죠.

"나는 이스트 세인트루이스 출신이고 우리 아버지는 부자예요. 치과의사거든요. 그런데 나는 블루스를 연주합니다. 오늘 아침 일어날 때도 전혀 슬프지 않았고, 슬퍼서 블루스를 연주하기 시작한 것도 아닙니다. 쉽게 말하지 마세요. 블루스에는 훨씬 많은 것들이 담겨 있습니다."

　흑인 음악에 대한 역사적 관점을 예로 들었지만, 그 외에도 재즈가 지닌 복잡성은 이루 말할 수 없습니다. 하나하나 따지고 들어가다 보면 어떤 음악을 재즈라고 정의해야 하는지조차 헷갈리기 시작하죠. 하지만 저는 제가 재즈를 다른 음악들에 비해 좀 더 오랫동안 좋아할 수 있었던 이유가 바로 여기에 있다고 생각합니다. 단순하지 않으니 들어도 들어도 잘 모르겠고 새롭달까요. 매일 재즈와 함께하고 있지만 아직도 제겐 재즈에 대해 알고 싶은 것들이 너무 많습니다. 그러니 재즈를 듣다가 어렵다고 느껴지는 순간, 너무 빨리 뒷걸음질 치지 마시라고 말씀드리고 싶어요. 그래서 더 질리지 않고 오래 곁에 둘 수 있는 음악이기도 하니까요.
　물론 길을 전혀 모르면 처음 발을 떼는 것 자체가 망설여질 수도 있겠죠. 그래서 길잡이가 될 만한 부록을 준비했습니다. 재즈를 즐길 수 있는 장소 열 곳과 역사적인 재즈 뮤지션 열다섯 명에 관한 소개입니다. 한 곳씩, 한 명씩. 그렇게 한 걸음 한 걸음 내디뎌 보세요. 길을 잃은 듯한 난처한 기분 대신, 여행지의 낯선 거리를 산책할 때와 같은 호기심으로요. 그러다 보면 어느샌가 재즈의 계절 한복판을 지나고 있는 자신을 만날 수 있을 겁니다.

재즈계에서 유독 절친하기로 유명했던 빌리 홀리데이와 레스터 영이 함께했던 때의 곡들을 들으면서, 이제 저는 이 책이 세상에 나오기까지 도움을 주신 분들의 얼굴을 떠올리고 있습니다.

〈재즈피플〉의 김광현 편집장님께서 소중한 지면을 아낌없이 내어 저의 부족한 글을 실어 주셨고, 류희성 기자님께서 매달 돌아오는 마감 때마다 따뜻한 배려와 격려를 보내 주셨어요. 두 분 덕분에 이렇게 오랫동안 재즈에 관한 글을 꾸준히 쓸 수 있었고, 북스톤 덕분에 이렇게 책으로 엮어 냅니다. 첫눈에 보고 반한 사진을 이 책의 표지에 싣도록 허락해 주신 장우철 사진작가님 덕분에 '재즈의 계절'을 아름다운 은유로 전할 수 있었습니다.

한 편씩 글을 완성할 때마다 기꺼이 첫 번째 독자가 되어 준 남편 권명국 감독은 예술과 산업에 대한 넓은 시야로 책을 완성해 나가는 여정에 더할 나위 없는 도움을 주었습니다. 그는 저에게 가장 소중한 재즈 친구이기도 합니다. 귀에 익혀 둔 뮤지션의 음악이라면 처음 듣는 곡도 그 주인이 누구인지 알아챌 만큼 감각이 예리하고, 제가 조금이라도 울적해 보이는 날이면 좋아하는 음반을 말 없이 틀어 둘 만큼 자상한 친구이지요. 재즈 클럽을 처음 방문했던 순간 함께했던 어머니와 여동생, 그리고 앞서 여러 권의 책을 번역하고 집필하신 아버지의 얼굴도 떠오르네요. 마지막으로는 지금 이 글을 읽는 독자 분들의 얼굴을 그려 봅니다. 지금 혹시 어떤 음악을 듣고 계실까 상상해 보면서요.

모든 분들이 인생에서 가장 아름다운 계절을 보내고 있다면 좋겠습니다.

부록

JAZZ PLACE 10 &

JAZZ MUSICIAN 15

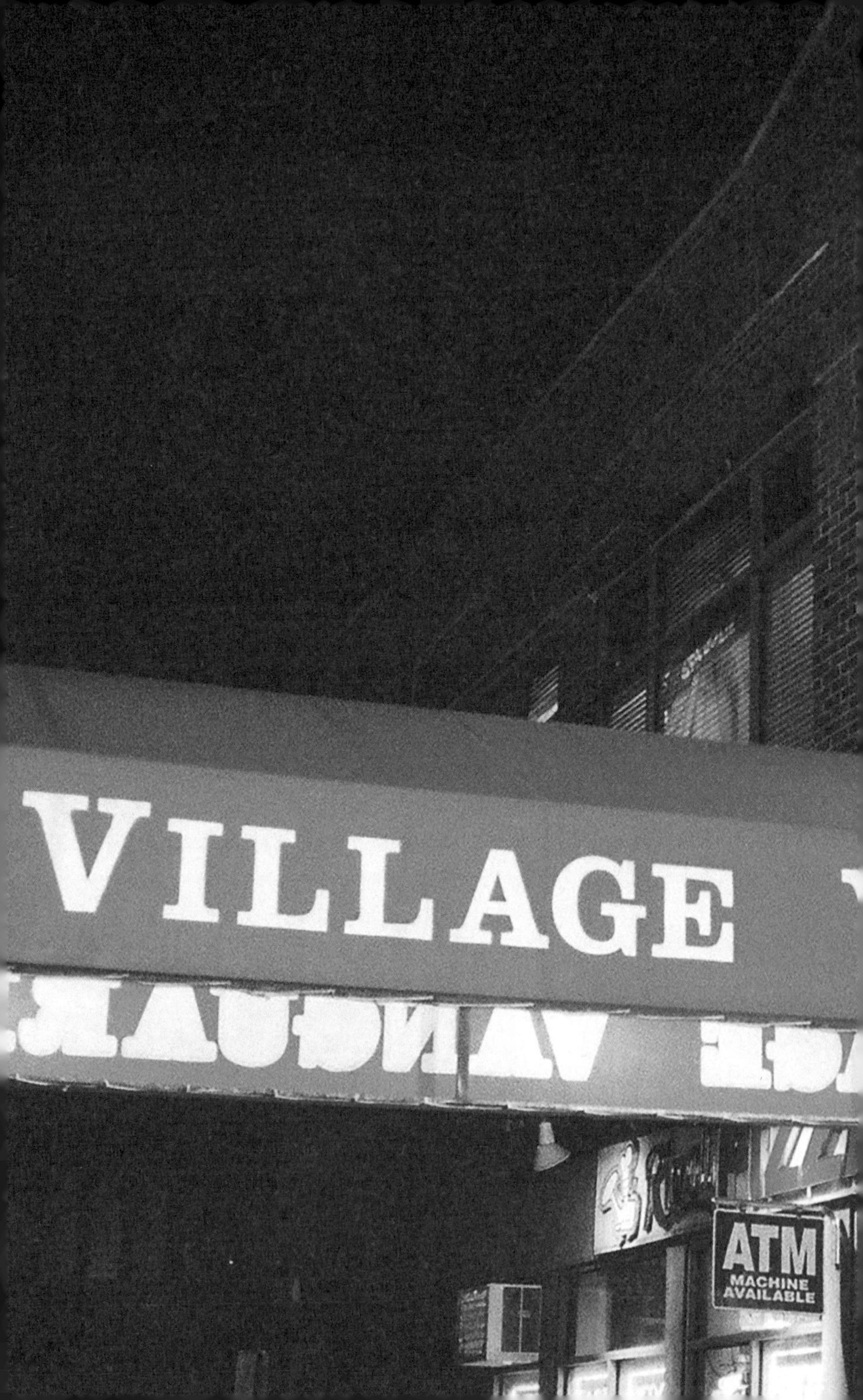
VILLAGE
ATM
MACHINE
AVAILABLE

VILLAGE
Vanguard

HAIR CUT

NGUARD

IV

176

Rivoli

TO

Blu

210

GHT

Note

YO

ASUM
NATIONAL
FESTIVAL

JAZZ PLACE 10

빌리지 뱅가드 | 뉴욕 (Since 1935)

전 세계적으로 가장 오래된 재즈 클럽 중 하나인 '빌리지 뱅가드'
는 그리니치 빌리지에 위치해 있어요. 저도 뉴욕에 간 첫날 밤 가
장 먼저 이곳에 들렀을 만큼 전 세계 재즈 애호가들이 사랑하는
공간이죠. 위대한 재즈 뮤지션들이 수시로 무대에 오른 곳인 만
큼 역사적인 라이브 음반들이 이곳에서 녹음됐습니다. 소니 롤린
스의 첫 번째 레코딩《어 나잇 앳 더 빌리지 뱅가드A Night At The
Village Vanguard》와 빌 에반스 트리오의《선데이 앳 더 빌리지 뱅
가드A Night At The Village Vanguard》를 추천해요. 공연 도중 들려
오는 객석의 소음마저 편안하고 아늑한 느낌을 주는 곳입니다.

블루노트 | 뉴욕, 도쿄, 밀라노 등 (Since 1981)

재즈 용어인 블루노트(blue note)는 단3도, 감5도, 단7도의 음을
가리킵니다. 일반적인 음악보다는 블루스 음악에서 자주 쓰이는

음계죠. 세계에서 가장 유명한 재즈 레코드 회사의 이름, 그리고 세계에서 가장 유명한 재즈 클럽의 이름이 모두 '블루노트'인 이유입니다. (놀랍게도 이 둘은 전혀 무관한 곳이랍니다.) 재즈 클럽 블루노트는 훌륭한 음식과 아늑한 환경에서 권위 있는 뮤지션들의 재즈를 즐길 수 있는 공간으로 특히 사랑받습니다. 뉴욕 본점 외에도 일본 도쿄, 이탈리아 밀라노 등에서 체인점을 운영하기 때문에 접근성도 좋죠. 제게도 도쿄 여행 중 잊을 수 없는 추억은 블루노트에서 즐겼던 라이브 공연입니다.

재즈 앳 링컨 센터 | 뉴욕 (Since 2004)

세계 최대 규모의 비영리 재즈 공연 단체의 공간인 '재즈 앳 링컨 센터'는 오늘날 존경받는 재즈 트럼페터 윈튼 마살리스가 예술 감독을 맡아 이끌고 있는 곳입니다. 재즈 책 중에서 윈튼 마살리스가 쓴 『재즈 선언』을 가장 감명 깊게 읽은 저로서는 그가 지휘하는 '재즈 앳 링컨 센터 오케스트라'의 무대를 감상하는 것이 소원입니다. 이곳에는 세 개의 공연장이 있어요. 트럼페터 디지 길레스피의 이름을 따 지은 '디지스 클럽 코카콜라', 센트럴 파크를 내다볼 수 있는 뷰가 매력적인 '앨런 룸', 셋 중 가장 큰 공연장으로 설계된 '로즈 시어터'까지. 뉴욕을 여행하는 짧은 일정 동안 이

인기 있는 공연장 예약에 실패한 저는 다음 기회를 엿보고 있습니다.

선셋 선사이드 | 파리 (Since 1983)

파리 중심에 위치한 선셋 선사이드는 무척 작고 소박한 재즈 클럽이지만, 브래드 멜다우나 커트 엘링 등 파리에 도착하는 세계적인 뮤지션들이 이곳 무대에 기꺼이 오를 만큼 유서 깊은 곳이죠. 정통 재즈뿐 아니라 클래식, 일렉트로닉, 월드뮤직 등 다양한 장르와의 융합을 추구하는 공연 기획으로 새로운 재즈 트렌드를 주도해 나가는 공간이기도 합니다. 개인적으로 이곳에서 처음으로 재즈 클럽 문화를 경험한 것을 기쁘게 생각해요. 드러머 올리비에 로빈과 색소포니스트 세바스티앙 자루스가 함께한 공연이었는데, 연주도 훌륭했지만 무대와 가깝게 설계된 것으로 유명한 객석 덕분에 재즈 뮤지션들의 미묘한 표정과 호흡을 세밀하게 관찰할 수 있었죠.

올댓재즈 | 서울 이태원 (Since 1976)

대한민국 최초의 재즈 클럽으로 역사에 기록된 올댓재즈는 한국 재즈 문화의 상징과도 같은 공간입니다. 미국계 중국인 마밍덕 씨가 설립한 이곳에서 국내에 재즈 문화를 전파한 미8군 군악대부터 류복성, 신관웅, 최선배, 정성조 님 등 한국 1세대 재즈 뮤지션들이 모두 무대에 올랐죠. 자리를 몇 번 옮겼지만 주로 이태원 인근에 위치해 있었기 때문에 이곳 객석에는 언제나 재즈를 사랑하는 다양한 국적의 사람들이 가득 들어차 있었어요. 2020년 팬데믹 위기로 영업을 중단했을 때는 재즈에 입문하며 자주 드나들었던 때가 자꾸 떠올라 더욱 애틋해졌습니다. 어려웠던 시기를 이겨내고 다시 영업을 시작하며, 그 역사를 계속 이어간다니 얼마나 다행인지요. 재즈를 사랑하는 많은 사람들의 염원 덕분이라고 생각합니다.

디바 야누스 (구. 야누스) | 서울 교대 (Since 1978)
올댓재즈가 설립된 지 2년 뒤, 한국인이 설립한 것으로는 최초의 재즈 클럽인 야누스가 문을 엽니다. 재즈와 결혼했다고 불릴 만큼 외길 인생을 살았던 한국 1세대 재즈 보컬리스트 박성연 님이 생전에 직접 운영한 곳이었습니다. 서울 신촌을 시작으로 대학로, 청담동을 거쳐 서초동 교대역 부근에 자리했죠. 지금은 박성연 님이 가장 아끼셨던 후배 재즈 보컬리스트 말로 님이 클럽 경영을 이어받아 같은 자리에서 '디바 야누스'라는 이름으로 역사를 이어 오고 있습니다. 야누스에서 박성연 님과 말로 님의 무대를 보며 재즈에 눈을 뜬 제게 이 공간은 존재만으로도 큰 감동입니다. 그 역사가 오래 이어질 수 있기를 간절히 기도합니다.

천년동안도 | 서울 종로 (Since 1996)

천년동안도는 한국 1세대 재즈 피아니스트 신관웅 님이 설립하여 운영하는 공간입니다. 지금은 자주 볼 수 없지만 신관웅 님이 이끄는 빅밴드 공연을 매주 볼 수 있던 때도 있었죠. 듀크 엘링턴이나 베니 굿맨의 음반을 통해 상상만 해야 했던 정통 빅밴드 재즈 문화를 직접 경험할 수 있었던 건 재즈 애호가로서 큰 행운이었던 것 같아요. 특히 신관웅 님이 피아노 연주를 하던 도중 자리에서 일어나 지휘를 하면 그에 맞춰 관악기 연주자들이 일제히 같은 멜로디를 연주하던 순간들이 기억에 남습니다. 역사적인 이 공간에 여전히 재즈 음악이 울려퍼지고 있다는 것이 감사합니다. 펑크, 블루스, 소울 등 다양한 스타일로 매주 펼쳐지는 공연을 직접 감상해 보세요.

클럽 에반스 | 서울 홍대 (Since 2001)

클럽 에반스는 오늘날 한국 현대 재즈 문화의 중심지라 할 수 있죠. 매일 실력 있는 베테랑 뮤지션들이 선보이는 공연도 훌륭하지만, 저는 월요일마다 열리는 '슈퍼 잼 데이'에 가는 것을 좋아합니다. 아마추어부터 프로까지, 저마다 악기를 들고 모인 재즈 뮤지션들이 자유롭게 무대에 올라 즉흥적으로 호흡을 맞추는 모습이 '재즈' 그 자체랄까요. 이 광경을 목격하고 나면 누구라도 재즈가 어떤 음악인지 쉽게 이해할 수 있을 겁니다. 본격적인 잼 세션 전에는 호스트 밴드의 연주를 들을 수 있어요. 한국을 대표하는 재즈 피아니스트 윤석철 님이 수년째 호스트로 서고 있어서, 그의 뛰어난 연주를 가까이에서 들을 수 있는 소중한 시간이기도 하죠.

자라섬재즈페스티벌 | 가평 자라섬 (Since 2004)

자라섬재즈페스티벌은 국내 최대 규모로 개최되고 있는 국제 재즈 페스티벌입니다. 재즈 음악만을 내세우는 페스티벌은 성공하기 어렵다는 편견을 깨고 대중에게도 큰 호응을 얻으며 재즈의 새로운 문화를 창조했다는 평가를 받습니다. 경기도 가평군에 위치한 아름다운 섬에서 매년 가을 열리는 이 축제에서는 국내는 물론 세계 최정상의 재즈 뮤지션들의 훌륭한 연주를 들을 수 있죠. 박성연 님이 휠체어를 타고 자신의 인생에서 가장 많이 불렀던 곡 「아임 어 풀 투 원트 유I'm A Fool To Want You」를 열창하시던 무대, 브라질 음악가 카에타누 벨로주가 연주하던 기타에서 양손을 떼고 오직 목소리만으로 「러브 포 세일Love For Sale」을 부르던 무대는 제게 영원히 잊을 수 없는 기억입니다.

서울재즈페스티벌 | 서울 (Since 2007)

서울재즈페스티벌이 처음 열린 해, 세계적인 퓨전 재즈 밴드인 팻 메스니 트리오가 헤드라이너로 서면서 큰 화제가 되었습니다. 이후로도 서울재즈페스티벌은 크리스 보티, 인코그니토, 바우터 하멜, 디사운드, 어스 윈드 앤 파이어, 킹스 오브 컨비니언스, 데미안 라이스, 제이미 컬럼, 칙 코리아, 허비 행콕, 다이안 리브스, 윈튼 마살리스, 브래드 멜다우, 웅산, 선우정아, 윤석철 등 대중성과 음악성을 겸비한 스타 재즈 뮤지션들의 무대를 지속적으로 선보이며 재즈의 대중화에 앞장서고 있습니다.

JAZZ MUSICIAN 15

조지 거슈윈

George Gershwin, 1898. 9. 26 - 1937. 7. 11

작곡가

조지 거슈윈은 누구보다 재즈에 대한 편견 없이 그 음악의 예술성을 진지하게 대했던 작곡가 중 한 명입니다. 클래식, 오페라, 뮤지컬 등 다양한 장르에 대한 폭넓은 이해를 바탕으로 재즈의 예술성을 크게 확장시켰죠. 재즈 초창기에 그가 없었다면 재즈는 여전히 그 가치를 인정받지 못하고 가볍게 여겨지고 있을지도 모릅니다. 40년이 채 되지 않는 짧은 생애 동안 그가 남긴 곡은 무려 500여 편. 재즈와 오페라를 연결한 〈랩소디 인 블루〉와 〈포기와 베스〉 등을 통해 그가 탄생시킨 음악들은 오늘날까지도 스탠더드 곡으로 사랑받으며 우리 곁에 남아 있습니다. 「아이 갓 리듬I Got Rhythm」, 「썸머타임Summertime」, 「아이 러브스 유, 포기I Loves You, Porgy」를 듣고 그 멜로디를 잊을 수 있는 사람이 얼마나 될까

요. 저는 아직도 그 곡들을 처음 들었던 때의 감동에서 벗어나지
못하고 있습니다.

대표작 오페라 〈포기와 베스〉(1935)

듀크 엘링턴

Duke Ellington, 1899. 4. 29 - 1974. 5. 24

피아니스트, 빅밴드 리더

1920년대부터 1940년대까지 성행했던 빅밴드 재즈 문화를 이야
기할 때 듀크 엘링턴을 빼 놓을 수 없습니다. 좀 더 대중적인 스
윙 음악을 선보였던 카운트 베이시의 빅밴드 음악도 훌륭하지만,
저는 듀크 엘링턴의 와일드한 빅밴드 음악에 더 끌립니다. 영화의
역사가 뤼미에르 형제가 촬영한 열차의 이미지로 시작되는 것처
럼, 저에게 현대 재즈의 역사는 듀크 엘링턴 오케스트라를 상징
하는 「테이크 더 A 트레인Take The A Train」의 사운드와 함께 시
작되는 것처럼 느껴져요.

대표작 음악 「테이크 더 A 트레인」(1941)

찰리 파커

Charlie Parker, 1920. 8. 29 - 1955. 3. 12

색소포니스트

찰리 파커는 1940년대 당시 지배적이었던 빅밴드 중심의 스윙 재즈 트렌드로부터 벗어나 '비밥' 스타일로 일컬어지는 모던 재즈 시대를 주도적으로 연 선구자입니다. 주로 4~6인조로 구성되는 소규모 밴드 편성, 정해진 멜로디를 합주하는 스윙 재즈와 달리 코드의 진행을 중심에 두고 즉흥적으로 연주하는 형식. 오늘날까지도 두드러지게 나타나는 재즈의 특징들이 모두 그의 음악 활동을 통해 정착되었다고 해도 과언이 아니죠. 색소폰 연주가 마치 작은 새가 날갯짓하는 것 같다고 붙여진 '버드'라는 별명과 함께 그의 이름이 재즈계에서 갖는 의미는 매우 큽니다. 제 취미 중 하나가 찰리 파커에 대해 말하는 뮤지션들의 표정을 관찰하는 것일 정도로요. 그 표정에는 존경심, 두려움, 질투, 사랑하는 마음 같은 것이 아름답게 섞여 있습니다.

대표작 음악 「코코Ko-Ko」(1945)

관련 영화 클린트 이스트우드 〈버드〉(1988) *포레스트 휘태커 주연

루이 암스트롱

Louis Armstrong, 1901. 8. 4 - 1971. 7. 6

트럼페터, 보컬리스트

어릴 적 소년원에서 기상 나팔을 불던 루이 암스트롱이 〈타임〉지의 표지를 장식하는 최초의 재즈 뮤지션이 되리라고 누가 상상할 수 있었을까요. 뉴올리언스 지역의 가난한 흑인 노예 가정에서 태어난 그는 가진 것 하나 없었지만 음악과 트럼펫 연주를 향한 순정만으로 전 세계인의 마음을 사로잡으며 재즈의 아이콘이 되었습니다. 그에게 음악이란 말 그대로 순수한 기쁨이자 유희였죠. 아무 의미가 없는 단어들을 즉흥적으로 내뱉으며 노래하는 스캣 창법 역시 루이 암스트롱이 최초로 선보인 장기였습니다. 왠지 장난스럽게 느껴지면서도 삶의 깊은 부분을 건드리는 것 같은 그의 음악을 듣고 있으면 모든 걱정이 사라지는 듯합니다. 곧 이어서 소개할 재즈의 황제 마일스 데이비스 역시 그의 음악을 사랑했습니다. 그는 이렇게 말한 적이 있죠. "재즈의 역사는 네 단어로 말할 수 있습니다. 루이 암스트롱, 찰리 파커."

대표작 음악 「왓 어 원더풀 월드What A Wonderful World」(1967)

마일스 데이비스

Miles Davis, 1926. 5. 26 - 1991. 9. 28

트럼페터

재즈의 역사에서 단 한 명의 이름만을 남겨야 한다면 단연 마일스 데이비스일 것입니다. 쿨 재즈, 모달 재즈, 퓨전 재즈 등 재즈를 새롭게 발명하다시피 하는 남다른 혁신성, 그 누구도 갖지 못한 매혹적인 연주 실력, 내로라 하는 연주자들을 자신의 밴드 멤버로 발탁하고 잠재력을 이끌어 내는 리더십, 무대 안에서나 밖에서나 세간의 주목을 받았던 스타성까지, 그야말로 완벽한 재즈 뮤지션이라 할 수 있는 그의 이름은 오늘날까지 수많은 예술가들로부터 칭송받고 있습니다. 재즈 역사상 가장 위대하다고 일컬어지는 음반이자 가장 많이 판매된 음반인 《카인드 오브 블루Kind Of Blue》는 언제 들어도 실패하는 법이 없는 명작입니다. 존 콜트레인, 캐논볼 애덜리, 빌 에반스, 폴 챔버스, 지미 콥, 윈튼 켈리가 참여한 이 음반은 마일스 데이비스가 녹음 당일 제시한 최소한의 모드에 의지한 채 단 한 곡을 제외하고는 모두 한 테이크에 연주를 마쳤다고 하죠.

대표작 음반 《카인드 오브 블루》(1959)

관련 영화 돈 치들 〈마일스〉(2015) *돈 치들 주연

존 콜트레인

John Coltrane, 1926. 9. 23 - 1967. 7. 17

색소포니스트

존 콜트레인은 찰리 파커나 마일스 데이비스가 이끄는 밴드의 세션으로 이름을 알리기 시작했지만, 자신의 리더작을 내고 오래지 않아 바로 실력을 인정받으며 거장의 반열로 올라선 거인입니다. 존 콜트레인은 목관악기인 색소폰을 연주했고 마일스 데이비스는 금관악기인 트럼펫을 연주했지만, 같은 관악기를 연주했고 함께 녹음한 음반이 많다는 점에서 둘의 연주 스타일이 종종 비교되곤 했습니다. 마일스 데이비스는 음과 음 사이에 여백을 많이 두고 몽롱한 분위기를 띠는 연주를 들려주는 반면, 존 콜트레인의 연주는 기교가 화려하고 단단한 음색을 내세우죠. 전곡을 자작곡으로 구성하고 즉흥연주 역량을 적극 발휘한 《자이언트 스텝스 Giant Steps》를 들어 보면 존 콜트레인의 매력을 알 수 있습니다.

대표작 음반 《자이언트 스텝스》(1960)

델로니어스 몽크

Thelonious Monk, 1917. 10. 10 - 1982. 2. 17

피아니스트

델로니어스 몽크는 재즈 역사상 위대하다고 평가받는 재즈 곡들을 다수 남긴 뛰어난 작곡가이자, 쉽게 흉내 낼 수 없는 주법으로 독창적인 스타일을 완성한 연주자입니다. 재즈 뮤지션 중에서는 지금껏 단 다섯 명만이 장식한 〈타임〉 지 표지 모델 중 한 명이기도 했죠. (참고로 나머지 네 명은 듀크 엘링턴, 루이 암스트롱, 데이브 브루벡, 윈턴 마살리스입니다.) 「라운드 미드나잇'Round Midnight」, 「스트레이트, 노 체이서Straight, No Chaser」, 「에피스트로피Epistrophy」 같은 곡들도 유명하지만 역시 저는 그가 자신의 이름을 제목에 넣어 지은 곡들을 좋아합니다. 「블루 몽크Blue Monk」, 「몽크스 포인트Monk's Point」, 「몽크스 드림Monk's Dream」을 들으면 그가 얼마나 자신을 사랑했는지 알 수 있어요.

대표작 음반 《몽크스 드림》(1963)

빌 에반스

Bill Evans, 1929. 8. 16 - 1980. 9. 15

피아니스트

빌 에반스를 좋아하지 않는 사람은 본 적이 없습니다. 서정적이면서 가볍지는 않은 연주, 클래식 음악에 대한 이해를 재즈에 접목하며 선보인 품격 있는 화성, 수많은 명곡들로 증명된 작곡 실력, 분위기 있는 외모까지, 그야말로 완벽한 뮤지션입니다. 그는 혼자가 아니라 함께 있을 때 더 빛나는 뮤지션이기도 했습니다. 특히 그가 '빌 에반스 트리오'라는 이름으로 이끈 밴드는 현대적인 재즈 트리오의 정석으로 여겨지며 지금도 큰 영향을 미치고 있죠. 시기에 따라 멤버들이 바뀌었는데 많은 사람들이 최고라고 입을 모으는 건 베이시스트 스콧 라파로, 드러머 폴 모시안과 함께했던 때입니다. 스콧 라파로가 갑작스러운 사고로 사망하기 열흘 전 빌리지 뱅가드 재즈 클럽에서의 공연 실황이 녹음된 《왈츠 포 데비Waltz For Debby》를 통해 그들이 마지막으로 호흡을 맞춘 아름다운 순간을 확인할 수 있습니다.

대표작 음반 《왈츠 포 데비》(1962)

쳇 베이커

Chet Baker, 1929. 12. 23 – 1988. 5. 13

트럼페터, 보컬리스트

"쳇 베이커의 음악에서는 청춘의 냄새가 난다"고 썼던 무라카미 하루키의 문장을 좋아합니다. 청춘 중에서도 위태로운 청춘이지요. '재즈계의 제임스 딘'이라고 불리는 외모 때문만은 아닐 겁니다. 우수에 젖은 듯 느슨하게 진행되는 트럼펫 소리와, 상처뿐인 자신의 삶을 고백하는 듯한 떨리는 목소리는 금방이라도 무너질 것 같은 청년을 떠올리게 합니다. 당시 유명했던 정통 재즈 뮤지션들을 꺾고 인기투표에서 1위를 할 만큼 반짝였던 쳇 베이커의 스타성은 오늘날에도 밀레니얼 세대들의 재즈 바이닐 레코드에 대한 열풍으로 이어지고 있습니다. 끝내 비극적이었던 삶, 그 외로운 영혼이 전하는 위로와 사랑을 그의 음악 속에서 느껴 보세요.

대표작 음반 《쳇 베이커 싱스Chet Baker Sings》(1954)

관련 영화 로버트 뷔드로 〈본 투 비 블루〉(2015) *에단 호크 주연

프랭크 시나트라

Frank Sinatra, 1915. 12. 12 - 1998. 5. 14

보컬리스트

프랭크 시나트라의 노래만큼 20세기 미국의 정서를 대표하는 음악이 있을까요. 정장을 차려 입고 무대에 올라 오케스트라 연주 위에서 매끈하게 다듬어진 목소리로 부르는 그의 노래들은 전 세계에 아메리칸 드림을 전파하는 상징적인 문화였습니다. 「테마 프롬 뉴욕, 뉴욕Theme From New York, New York」, 「아이 레프트 마이 하트 인 샌프란시스코I Left My Heart In San Francisco」처럼 미국인들이 깊이 공감할 수 있는 음악들은 물론, 「플라이 미 투 더 문Fly Me To The Moon」, 「댓츠 라이프That's Life」처럼 재즈계의 아이콘과 같은 곡들도 많이 남겼습니다. 하지만 그의 팬들이 최고로 꼽는 음반은 아이러니하게도 화려한 삶 이면의 우울한 마음을 담아낸 《인 더 위 스몰 아워스In The Wee Small Hours》이죠. 그의 음악 속에는 환한 빛과 어두움이 모두 담겨 있습니다.

대표작 《인 더 위 스몰 아워스》(1969)

빌리 홀리데이

Billie Holiday, 1915. 4. 7 ~ 1959. 7. 17

보컬리스트

디지털 혁명이 예술과 산업에 미친 영향을 들여다보는 다큐멘터리 〈프레스 포즈 플레이〉에는 세계적인 일렉트로니카 뮤지션 모비가 등장합니다. 그는 디지털 사운드의 지나친 완벽함을 회의적으로 바라보면서 이런 말을 하죠. "저는 빌리 홀리데이의 음악을 듣기 좋아하는데, 그의 목소리가 불완전하기 때문이죠." 이는 빌리 홀리데이에 관한 설명 중에서 제가 가장 좋아하는 버전입니다. 슬럼가에서 태어나 부모로부터 버림받고 사촌에게 학대당하며 매춘으로 돈을 벌어야 했던 지독한 시간들. 음악을 통해 비로소 재능을 인정받고 뮤지션으로 성공한 뒤로도 마약과 알코올에 중독되어 어둠에서 헤어나오지 못했던 삶. 그 고통 속에서 새어나오는 그의 목소리는 거칠고, 갈라지고, 때로 연약하게 흔들립니다. 하지만 그렇다고 해서 그것이 아름답지 않다고 말하는 사람은 보지 못했습니다.

대표작 음반 《레이디 인 새틴Lady In Satin》(1958)

엘라 피츠제럴드

Ella Fitzgerald, 1917. 4. 25 - 1996. 6. 15

보컬리스트

별명은 '재즈의 여왕'입니다. 스윙 재즈 시대부터 비밥 시대에 이르기까지 60년에 가까운 활동 기간 동안 그래미상을 열세 차례나 수상했을 만큼 대체불가능한 음악성을 인정받은 보컬리스트죠. 그는 완벽에 가까운 가창력과 자유로운 표현력으로 좌중을 휘어잡곤 했습니다. 그 비슷한 능력을 가졌던 또 한 명의 위대한 루이 암스트롱도 엘라와 노래하기를 즐겼습니다. 제가 가장 사랑하는 음반 중 하나도 이 두 뮤지션이 함께한 순간들을 담아낸 것이죠. 「칙 투 칙Cheek To Cheek」, 「데이 캔트 테이크 댓 어웨이 프롬 미They Can't Take That Away From Me」 등 명곡들이 가득한 《엘라 앤 루이Ella And Louis》는 한 번도 안 들어 본 사람은 있어도 한 번만 들은 사람은 없을 겁니다.

대표작 음반 《엘라 앤 루이》(1956)

오넷 콜맨

Ornette Coleman, 1930. 3. 9 - 2015. 6. 11

색소포니스트

오넷 콜맨의 음악을 자주 꺼내어 듣지는 않습니다. 아니, 거의 듣지 않는다고 해야겠죠. 하지만 오넷 콜맨이라는 이름이 재즈의 역사에서 갖는 존재감까지 외면하기란 불가능합니다. 그가 완전한 즉흥성을 추구하며 창시한 '프리 재즈' 사조는 음악의 듣기 쉬움과 어려움의 문제를 떠나서, 재즈가 다른 음악과 차별화된 음악으로서 오랜 생명을 얻을 수 있도록 만들어 주었기 때문이죠. 이 글을 쓰면서 오랜만에 그의 음악을 꺼내어 들었을 때 용암처럼 뜨거운 기운을 느꼈습니다. 그가 발표한 음반 《프리 재즈Free Jazz》는 사람의 나이로 치면 환갑이 넘었지만 그의 음악은 언제나 젊음 그 자체입니다.

대표작 음반 《프리 재즈》(1961)

레이 찰스

Ray Charles, 1930. 9. 23 - 2004. 6. 10

보컬리스트, 피아니스트

레이 찰스의 음악에는 흑인 음악의 영혼이 담겨 있습니다. 노예

제도와 인종 분리 정책으로 무참히 벌어졌던 인종차별의 비극 속에서 역설적으로 아름답게 피어난 가스펠, 블루스, 재즈, 소울, R&B와 같은 음악을 그는 누구보다도 자랑스러워했죠. 어릴 적 녹내장으로 시력을 잃으면서 흑인에 대한 편견뿐 아니라 장애인에 대한 편견에도 맞서야 했던 그는 오로지 음악 하나로 세상에 감동을 주었습니다. 실존하는 뮤지션을 다룬 영화 중에서 저는 그의 삶을 다룬 〈레이〉를 가장 좋아합니다. 레이 찰스가 생생히 우리 곁에 살아 있는 것처럼 느껴질 만큼 묘사가 훌륭한 제이미 폭스의 연기와 함께 그의 진짜 삶을 상상해 보세요. 영화를 보고 나면 그의 음악이 이전과는 다르게 들릴 겁니다.

대표작 음반 《더 지니어스 오브 레이 찰스The Genius Of Ray Charles》 (1959)

관련 영화 테일러 핵포드 〈레이〉(2004) *제이미 폭스 주연

키스 자렛

Keith Jarrett, 1945. 5. 8 -

피아니스트

저에게 재즈를 좋아하는 이유를 묻는다면 100가지도 더 댈 수 있을 것 같지만, 키스 자렛의 음악만큼 좋은 대답은 없을 것 같습

니다. 저에게 재즈란 키스 자렛 그 자체로 느껴질 정도로 저는 그의 음악이 진정으로 재즈적이라고 느낍니다. 1983년 결성한 뒤로 멤버 교체 없이 활동을 이어 온 그의 트리오 음악도 사랑하지만 역시 그의 음악적 정수는 전 세계 콘서트 무대에서 선보여 온 솔로 즉흥연주에 담겨 있죠. 1975년 독일 쾰른에서 열린 공연 실황 음반 《더 쾰른 콘서트The Köln Concert》를 자신이 가장 사랑하는 음반으로 꼽는 예술가들이 이 세상에 참 많습니다. 그 이유가 무엇일까요. 온몸으로 느낄 수는 있지만 말로 설명할 자신이 없습니다.

대표작 음반 《더 쾰른 콘서트》(1975)

재즈의 계절

2022년 9월 24일 초판 1쇄 발행
2025년 1월 2일 초판 7쇄 발행

지은이 김민주

펴낸이 김은경
편집 권정희, 한혜인, 장보연
마케팅 박선영, 김하나
디자인 황주미
경영지원 이연정

펴낸곳 ㈜북스톤
주소 서울특별시 성동구 성수이로7길 30 빌딩8, 2층
대표전화 02-6463-7000
팩스 02-6499-1706
이메일 info@book-stone.co.kr
출판등록 2015년 1월 2일 제2018-000078호

북스톤은 세상에 오래 남는 책을 만들고자 합니다. 이에 동참을 원하는 독자 여러분의 아이디어와
원고를 기다리고 있습니다. 책으로 엮기를 원하는 기획이나 원고가 있으신 분은 연락처와 함께 이
메일 info@book-stone.co.kr로 보내주세요. 돌에 새기듯, 오래 남는 지혜를 전하는 데 힘쓰겠
습니다.